Sonya
ソーニャ文庫

冷徹辺境伯の監禁愛

水野恵無

イースト・プレス

contents

プロローグ

瞼越《まぶたご》しに光を感じ、アイリーンの意識が浮上した。それと共に激しい頭痛に襲われる。

「……んっ」

眉間に思わず力がこもる。シーツに頰《ほお》を寄せたときの肌触りに何かが違和感を訴えたが、それは明確に意識に上がることはなかった。頭が全体的にズキズキと痛むせいで、うまく働いていない。

「アイリーン？」

「は、い……」

名を呼ばれ、アイリーンは反射的に答える。しかしその声は掠《かす》れてしまっている。頭の痛みが強くて気がつかなかったが、喉にも違和感があるらしい。目をなかなか開けられないが、自分の名を呼ぶのが誰かは予想がついた。ただなぜその人が寝起きの自分の側にいるのかがわからない。

やっとのことでぼんやりと目を見開く。明るい日差しが直接顔に当たり、視界が真っ白に眩《くら》んだ。

「……薬の量が多すぎたか」

手で日差しを遮《さえぎ》りながら何度か目を瞬《またた》いていると、かろうじて室内の輪郭を捉え始めた。聞き慣れた声に顔を向ければ、そこには予想に違わぬアイリーンの仕える主人であるハロルドの顔があった。いつもは闇夜に沈む黒髪も今は陽の光の中で艶《つや》めいている。その眩《まぶ》しさに思わず目を細める。

「ハロルド、さま」

「しゃべらなくていい。まずはこれを飲め」

ハロルドの逞《たくま》しい腕に抱きかかえられるようにして、アイリーンは身を起こした。頭痛はずっと続いていて、何かを考えることも億劫《おっくう》なほどだ。

ちりんと涼やかな音がし、頭に不快に響く。

アイリーンは頭に手をやった。こんな頭痛は初めてだ。

昨日まで特に体調が悪かった記憶もないはずだと……考えて、昨日のことをとっさに思い出せないということに気がついた。だがいつもと変わらぬ、メイドとしてハロルド・オールドフィールドに仕える一日であったはずだ。

その、はずだ……。

「アイリーン、これを飲むんだ」

ハロルドの低く硬質な声に、何かを思い出そうとしていた思考がぷつりと途切れる。

アイリーンは深くは考えることのできないまま、有無を言わさない口調で手の中に押しつけられた小瓶《こびん》を呷《あお》った。苦くドロリとした液体は飲み込みにくく喉に引っかかるようにしながら流れていく。

続けて手渡されたグラスを同じようにして呷ると、それは優しくほんのりと甘みのついた果実水で、苦い液体を消し去るかのようだった。喉が渇いていたことを自覚し、夢中で飲み干した。

「少し効きすぎたようだな。いまのは中和剤だ。少しすれば頭痛も治まるだろう」

アイリーンが手に持つグラスに、ハロルドが水差しからもう一度果実水を注《そそ》ぐ。

普段であれば主《あるじ》であるハロルドに使用人の仕事を絶対にさせたりなどしないが、身体がろくに動かず思考も働かないアイリーンはされるがままになっていた。

ハロルドの腕が自分を抱くように背中に回っていることにも、寄せられたその身の距離にも意識が向いていない。

アイリーンは果実水を口に含み、今度はゆっくりと味わうように飲んでいく。

「美味《うま》いか？」

「はい」

時間をかけて再度グラスを空にすると、ハロルドに問いかけられる。アイリーンはこくんと頷《うなず》き、もっと飲むかという問いには小さく首を横に振った。

また、ちりちりと音がする。

ハロルドはアイリーンの手からグラスを奪うと、水差しの隣へ静かに置いた。サイドテーブルにはグラスと水差し以外にもいくつかの小瓶が置かれており、それを見てやっとアイリーンは今いる場所が自分の部屋ではないことに思い至った。

石造りの部屋は広くないが、寝具とサイドテーブルのみという最低限の家具しか置いていないため、がらんとしていて狭さも感じない。オールドフィールド家の住まう城に勤めて五年経《た》つが、このような殺風景な部屋などあっただろうか。

「ハロルド様……？」

アイリーンは自分にぴったりと寄り添うように、ベッドへ腰掛けている男性の顔を見上げる。

ハロルドはいつもと変わらぬ黒髪に、燃えるような赤い瞳をしていた。もう二十五を過ぎてオールドフィールド家を継いでいるものの、未《いま》だに独り身だ。

領主としてオールドフィールド領を豊かにするだけでなく積極的に治安維持にもつとめ、国土防衛のために軍を率いる辺境伯としても辣腕《らつわん》をふるっている。

身分が高く有能であるだけでなく、精悍《せいかん》な顔つきをしているため、縁談の話も多いらしい。しかし、ハロルドが縁談を受けたという噂《うわさ》は聞いたことがなかった。

「どれだけ領主としては素晴《すば》らしくて顔がよくてお金持ちでも、ああも恐ろしくては結婚相手には向かないわよね」

と言っていたのは、とっくに辞《や》めてしまったメイドの先輩だ。

寡黙《かもく》で仕事熱心なだけなのに、国境の争いを治めに行き血塗れで帰ってきた姿に驚いた使用人が、「人を人とも思わぬ冷血伯」などと勝手に噂して恐れているのだ。

なまじ品もあり所作も美しく、容姿もぞっとするほどに整っているだけに、返り血に濡《まみ》れた姿は余計に人ならざる存在のように見えて恐ろしかったのだろう。

常に緊張感に晒《さら》されている辺境伯の担う職務のせいか使用人相手でも威圧感があり、人よりも背が高く不愛想な顔で見下ろすことも常であるため、睨《にら》みつけられているように感じる者も多いらしい。

確かにハロルドは人との交流を楽しむような人物ではないが、決して無口と言うわけでもない。硬質な雰囲気《ふんいき》を纏《まと》っているため近寄りがたいが、問いかければきちんと答えてくれるし、声を荒げて怒鳴《どな》るようなこともない。

誤解されているだけで、噂や見た目ほど取っ付き難い人ではないのだ。

そう、普段であれば。

ちりんと、また音がした。

その音が聞こえたのと視界が変わったのと、どちらが早かっただろうか。見覚えのない天井と、ハロルドのまるで血に飢《う》えた獣のような赤い瞳があった。

「……ハロルド、様?」

なぜか声が上擦ってしまう。

勤め始めた頃ならともかく、ハロルドを前にしてこんなにも緊張することは今ではそうあることではないというのに。

自分のことなのによくわからない。ただ意識のできないところで、何かが引っかかるような気がする。

ハロルドは無骨で大きな手で、アイリーンの栗色の長い髪を、そして滑《なめ》らかな頬を撫《な》でた。まるで壊れ物を扱うかのように優しげではあるが、しかし遠慮なく。

「アイリーン」

「……はい」

「すまなかった。君をここに連れてくる間に抵抗されては面倒だと、睡眠薬を多く飲ませすぎたようだな」

「え……？」

ハロルドの形のよい唇から、何か理解しがたい言葉がこぼれた。

その内容を理解するにはあまりにも突飛《とっぴ》すぎて、アイリーンはただぱちんと瞬きをするしかできない。

アイリーンの長いまつ毛の動きや薄茶の丸い目の形を見つめるハロルドがどのような思いでいるかなど、もちろん知る由《よし》もなく。

ハロルドの硬い指先がアイリーンの赤い唇をなぞる。

「ここ、東の塔が今日からのアイリーンの住処だ。必要な物があれば言ってくれ。俺が用意できるものならば、なんでも揃《そろ》えよう」

「住処って……どういう」

「この塔から出ることは許さない。君が勝手に逃げ出そうとしたり、万一自らの命を絶《た》とうとしたときには、この城の使用人の半数を手にかけるから、そのつもりで」

「ハ……ハロルド様……？」

「心優しいアイリーン、君のために幾人《いくにん》も犠牲にしたくはないだろう？」

いくつもの言葉がハロルドから告げられる。

告げられた内容のどれもがアイリーンには容易《ようい》には理解しがたく、ただ見上げることしかできなかった。

ハロルドも自分の言動が、アイリーンにすぐに理解してもらえるとは思っていないのだろう。ただ伝えるべきことを伝えているだけにすぎないようだった。

「アイリーン。君は昨夜、急に故郷へ帰らなくてはならなくなったと、城の皆には知らせる。君の家族には、家に帰る途中で乗った乗合馬車が賊に襲われたと伝えよう。安心していい。オールドフィールド城からの帰る道での痛ましい事故だ、家族にはたっぷりと見舞金は渡す。君をもらい受ける金額だと思えば安いものだろう」

ハロルドは何を話しているのだろうか。

まるで出来の悪い夢を見ているかのようだ。目が覚めてから、頭がうまく動かない。そのせいでハロルドが理解のできない言葉を話しているような気がしてしまう。

「アイリーン、愛していると言っただろう？　君を探す者など現れない。君はもう俺の、俺だけのものだ。他の男と結婚などさせないし、もう二度と君の目に他の男が映ることも許さない」

ハロルドの血のような赤い瞳が、まるで狂気のように燃え上がる。

頭がひどく痛む。視界がぐらりと揺れ、部屋の中は明るいはずなのに暗くなったように錯覚した。

第一章　求婚

「捨てた、だと？」

「も……っ、申し訳ありませんっ」

担当しているハロルドの執務室の掃除をするために向かっている途中、応接室から苛立《いらだ》ちを抑えた冷たく低い声と、怯《おび》えて震える謝罪の声が聞こえてきた。どちらもアイリーンのよく知っている声で、通りすぎたばかりの廊下を慌てて戻る。

わずかに開いていた扉をノックして返事を待つ。入室を許可され、そっと扉を押した。

「失礼します」

「アイリーンか」

広く作られた応接室には予想した通り、この城の主の前に顔を真っ青にした同僚のメイドがいた。それだけで何が起こったのか、だいたいが察せられる。

　同僚は今年二十歳になるアイリーンよりも一つか二つ若かったはずだ。まだ大人になりきれていない顔が助けを求めるようにこちらを見る。対してハロルドは眉間に深い皺《しわ》を刻み、もともと鋭い眼光がさらに鋭利《えいり》さを増していた。

　中に入り一礼すると、気負うこともなくアイリーンはハロルドへと近寄り、さりげなく二人の間に入った。

「彼女が何かを捨ててしまったと聞こえたのですが……」

「明日必要な重要書類を捨てられていた。来客を見送り、所用をすませている間に、な」

　客が帰ったあと掃除を始めた同僚は、応接室のテーブルに置かれていた書類を重要なものだと思わずゴミ回収を担当している使用人に渡してしまったらしい。ゴミ箱に捨てられていたものならともかく、テーブルの上にあるものを主人に確認せずに捨てるなど不注意にもほどがある。

「お部屋の片付けをしていて……それ、で」

　震えた声の同僚の言い訳を遮るように、アイリーンは謝罪した。

「申し訳ございませんでした」

「君が謝ることじゃない。そっちのメイドの責任だ」

ハロルドの眉間に刻まれた皺がよりいっそう深くなる。取り付く島もないぴしゃりとした物言いに、背中に立つメイドが身を固くする気配がした。

「いいえ。仕事をきちんと教えきれていない、メイド全体の責任でもあります。誠に申し訳ございません」

アイリーンはまっすぐにハロルドの目を見つめ、もう一度深々と頭を下げた。アイリーンに倣《なら》うようにして、同僚のメイドも慌てて頭を下げる。

来客を見送り応接室に戻ったハロルドは書類がないことに気づき、応接室の掃除を担当したメイドを呼び出して確認したときにはすでに遅く、ゴミとして城の端にある焼却炉に運ばれたあとだったらしい。この時間は焼却炉に火が入っているため、書類はとっくに燃えて灰になってしまっているだろう。

「作り直すよりほかないな」

「何かお手伝いできることはございますか」

「ない」

端的すぎる返答に、アイリーンも同僚も頭を下げるしかなかった。

「もういい、下がれ」という声に追いやられるように二人揃って部屋を出る。

アイリーンは廊下に出て扉を閉めると、真っ青な顔をした同僚の背中を慰《なぐさ》めるように撫でた。

「失敗は誰にでもあるから、あんまり思い詰めないようにね」

そう声をかけると、同僚は小さく頷いた。見た目以上には落ち込んでいないようで、アイリーンもほっとした。

このようなことがまた起こらないように言い聞かせる必要がある。歩きながらどう切り出そうかと考えていたときだった。

「本当に怖いですよね、オールドフィールド様って」

「え？」

「アイリーンさん、さっきの顔見ました？　こっちのちょっとしたミスにあんな怒っちゃって。人の血が通ってないって噂も嘘《うそ》だとは言い切れないですよね」

同僚の主張に言葉を失った。どんな理由があろうとも、ミスをしたのは間違いなく彼女だ。しかも置かれていた書類を確認もせず勝手に捨ててしまうなど、ありえないと言ってもいい。彼女はこの城で働き始めたばかりだ。慣れていないのは仕方ないにしても、書類など大事そうな物は主の許可なく触らないように言われているはずである。

自分がしたことを棚に上げたあげくに、主を非難するなんて。

被害を被《こうむ》ったのは、主であるハロルドだというのに。

反省の様子がまったくない同僚に、アイリーンは腹立たしさを感じながらも「またか」という思いも少なからずあった。

「領主様のところで働けるってわくわくしてたころの自分に、やめるように伝えたいです。こんなに怖い人だったなんて。使用人がころころ入れ替わるのも納得できます。アイリーンさんはよく続けられますよね」

この城の使用人は先代当主の時代から長く勤めている古参の者達と、ハロルドが十代半ばで家督を継いでから雇われた年若い者達と、大きく二つに分かれている。

ハロルド・オールドフィールドは、この城の主でありこの地の領主である。

硬質すぎる空気や温度のない物言いのせいか、使用人の仕事の粗《あら》探しをして叱《しか》りつけるのが道楽なのだとか、失敗を繰り返す使用人を戦地へ送るなどという根も葉もない噂がまことしやかに流れている。

アイリーンからすれば根拠がまったくない滑稽《こっけい》な噂でしかないのだが、ハロルドの厳しすぎる態度から信じてしまう者は意外に多い。

ハロルドの代になってから雇われた若い使用人の多くは、恐ろしい主と常に緊張を強《し》いられる城内の空気に嫌気がさしてすぐに辞めてしまう。それでも人手不足にならずどうにか仕事が回っているのは、ハロルドの領主としての評判がすこぶる高く、有能な辺境伯の元で働きたいと希望する者があとを絶たないからだ。

アイリーンが長く勤めていられるのは、特別に我慢強いからではない。他の若い使用人たちのように、主のハロルドを恐れていないだけだ。

無口で無骨ゆえに取っ付き難さがあるが、ハロルドは決して理不尽なことを使用人に命令するような主ではない。注意をされることも少なくないが、その指摘も何一つ間違っていたことはない。

ハロルドに対する恐怖心さえなければそのことがわかるはずだと他の使用人たちにも話しているのだが、主の冷ややかな口調と噂がうまくはまってしまっているせいできちんと聞いてもらえず、アイリーンはもう長いこともどかしい思いを抱えている。

右も左もわからなかった新人の頃はともかく、今ではアイリーンが仕事を教える立場になってしまった。

たとえ注意をすることが苦手であっても、窘《たしな》めなければならない。

「お仕《つか》えしている主人のことを悪く言うのは、やめたほうがいいと思うの」

やんわりと釘を刺す。使用人部屋で愚痴《ぐち》を言うくらいならばかまわないが、仕えている立場で主を悪く言うことは許容できない。

「それと書類のことだけど――」

「アイリーン」

彼女がミスを繰り返さないようきちんと話をしようとしたとき、後ろから名前を呼ばれた。振り返ればハロルドが応接室の扉を開けていた。同僚の言葉を聞かれてしまったかもしれないとヒヤリとしたが、ハロルドのいつもと変わらぬ無表情からは何も読み取ることはできない。

「少しいいか」

「はい」

アイリーンは頷いて、蒼白《そうはく》な顔をしている同僚に先に戻るよう促《うなが》した。あとで改めて彼女と話をしようと決意しつつ、アイリーンは退室したばかりの応接室に戻る。

アイリーンが応接室の扉をしっかりと閉めたのを確認してから、ハロルドが重々しく口を開いた。

「例のやつを頼めるか？」

眉間に僅《わず》かに皺を寄せたままの真剣な顔でハロルドが言う。

例のやつ、とは甘いお菓子のことだ。

ハロルドは疲れているとき、または疲れると予想できる日は甘い食べ物を欲する。

駄目になってしまった書類を明日までに作り直すのは、それだけ大変なのだろう。

書類が燃やされてさえいなければ、する必要もなかった仕事だ。後輩への指導力不足はつまりアイリーンの責任でもある。

書類仕事を手伝うことはできないが、せめて少しでもハロルドの助けになりたいと大きく頷いた。

「はい。何か希望はありますか？」

「片手で食べられる物を。あとは時間が経っても美味《うま》いものだな」

「でしたら、焼き菓子はどうでしょう？　大通りのシャノーマのお店のクッキーとマドレーヌ、以前美味《おい》しいとおっしゃっていましたよね」

「ああそうだな、それがいい。今夜は遅くまでかかるだろうから、多めに頼む」

「でしたら今夜はお酒ではなく、眠気覚ましの効果のある香茶がいいですね」

「助かる」

この城で働くほとんどの使用人が、ハロルドを恐れて非情な人間だと思っている。まさかこっそりとアイリーンに甘いお菓子を買いに行かせているなど、想像さえしたこともないだろう。

ハロルドのこんな一面を知れば皆きっと恐れたりしなくなるだろうと思うが、無骨な主は自分が甘いお菓子を欲しているのを知られるのが恥ずかしいらしい。主が隠そうとしていることを、メイドであるアイリーンが周囲に触れ回ることはできない。

だからこそ、もどかしいと思う。

ハロルドは使用人によるミスのせいで自らの仕事が増えても文句を言うこともなく、黙ってするべきことをこなす人だというのに、そんな姿を誰も知らないのだ。

アイリーンにできることは、せめてもの癒《いや》しになるようにとハロルドの好みそうなお菓子について日々情報を収集し、今は少しでも早く頼まれた焼き菓子を届けることだけだ。

頭を下げると足早に部屋を出て買い物へと向かう。

その背に刺さるハロルドの視線に気がつくこともなく――。

◇◇◇

ある日の夜、アイリーンはハロルドの私室をノックした。

一日の仕事を終えベッドに入るところで、同僚のメイドからハロルドが呼んでいると伝えられ、慌ててまたメイド服に着替えてきたのだ。ハロルドに呼び出されることは珍しいことではない。

アイリーンが入室の許しを得て私室に入ると、ハロルドが茶器の準備をしているところだった。その手つきに危なげなところはなかったが、そんな雑事を主にさせるわけにはいかない。

「ハロルド様、お茶でしたら私がお淹《い》れします」

ハロルドは珍しく渋《しぶ》る様子を見せたが、アイリーンの有無を言わせない微笑《ほほえ》みに圧《お》されて退いた。

アイリーンは慣れた所作で、ハロルドの好みのお茶を用意する。

ハロルドは熱のこもった視線をアイリーンに向けていたが、彼女が淹れた香茶を受け取るときにはいつもの様子に戻る。そのため、アイリーンが主の微《かす》かな変化に気がつくことはなかった。

自らの城で深い椅子にその大きな身体を沈めカップに口をつける姿は、普段の張り詰めたような空気からは想像もつかないほどに穏やかでまるで絵画のようだ。

ハロルドが若い使用人の名前を覚えることは滅多にないが、アイリーンの名前だけは覚えてくれた。しかもハロルドと短い雑談を交わすことさえ珍しくない。最初の頃は畏《おそ》れ多くてろくに言葉も出なかったが、ハロルドと他愛ない話を交わすのはいつの間にかアイリーンにとっても楽しい時間となっていた。

そして今ではハロルドの身の回りの世話はアイリーンの役目だ。湯殿の手伝いも仰せつかっているため、彼の身体に触れることも多い。素晴らしく鍛《きた》え上げられた肉体だとは思うが、恐怖を感じたことは一度もない。

しかしアイリーンのようにハロルドに好意的な若い使用人は珍しいため、先日ハロルドの書類を誤って捨てた同僚も辞めてしまった。結局、アイリーンは後輩を正しく指導することも、噂による先入観から生まれたハロルドに対する誤解を解《と》いて引き止めることもできなかった。

「お酒もお持ちしますか？」

「いらん。酔った末の戯言《ざれごと》だと思われたくはないからな」

アイリーンはきょとりと首を傾げた。

ハロルドは昼には様々な種類の香茶を嗜《たしな》むが、夜はお酒を楽しむことのほうが多い。城内にはお酒専用の部屋がいくつかあり、酒の種類に合わせた保管方法をハロルド自身が使用人に命じているほどだ。

仕事をしているときは飲まないため毎晩というわけではないが、それでも寝る前に持ってくるよう言われることが多い。そのためアイリーンも酒の銘柄と保管方法に詳しくなった。主の気に入っている飲み方も。

時刻はすでにだいぶ更《ふ》けている。今日のように仕事をしていない夜に、ハロルドが香茶を飲むところなどほとんど見たことがない。

「この香茶は美味しいぞ、アイリーンも飲め。夜もよく眠れる効果があるらしい」

「ありがとうございます。でも私はメイドですので」

アイリーンは主からの誘いに、失礼にならないように礼をとって断る。

使用人は使用人だ。しかもアイリーンは平民でもある。雇い主である貴族と同席してお茶を飲むなどありえない。

ハロルドからは何度も同じような誘いを受け、そしていつもアイリーンは慇懃《いんぎん》に断っているというのに、それでも彼は同じことを繰り返す。まるで、今度こそアイリーンが受けることを期待しているかのように。

「アイリーン」

静かに、けれど低く硬質な声音に名を呼ばれる。

新人の使用人はハロルドの声が怖いとよく言うが、アイリーンはそのように感じたことは一度もなかった。どっしりとした重さのある、安定感のある声だ。この声を聞いていると安心し、心地よいとすら思う。

「今日は主として、君を呼んだわけではない。君のその鎧《よろい》のような制服も忌々《いまいま》しいが、そこは諦めるとしよう。どうかそこの椅子に座って、一杯だけでも付き合ってくれ」

「……ハロルド様？」

ハロルドが指さすのは、彼の正面にあるソファーだ。

私室のソファーに客人が座ることはない。オールドフィールド家の者だけが腰を下ろすことを許される場所。ただの使用人が座っていい場所ではない。

しかし、いつになく力の入った主の言葉を突っぱねてもいいものかと判断に迷う。

アイリーンがソファーとハロルドの顔を何度か見比べていると、彼は駄目押しのように「ここには俺と君しかいない。咎《とが》める者などいないのだから、頼む」と口にした。

結局アイリーンはその懇願《こんがん》に折れてしまった。

こんなことがメイド長にバレたら減給ものだと落ち着かなげに、「失礼します」と小さな声で言いながらアイリーンは腰を落とす。静かに座ったつもりが、想像したこともないほどにお尻が柔らかく沈み込んで一瞬バランスを崩した。使用人達が食事のときに座る木の椅子とはまったく違う。ふかふかで包まれるようだった。

ハロルドはアイリーンのそんな様子を見つめながら口元に笑みを浮かべていたが、バランスよく座ろうと精一杯な彼女が主の珍しい表情を見ることはできなかった。立ち上がるのが大変そうだというアイリーンの予想を覆《くつがえ》して難なく立ち上がるハロルドを見上げたときには、口元は引き締められていたからだ。

「君にもお茶を」

「そんな、お気持ちだけで」

「俺が君に振る舞いたいんだ。まぁ用意したのはアイリーンで、俺は注ぐだけだがな」

ハロルドの大きな手で持たれると、ティーカップも小さく見えてしまう。

音も立てずに二人の間に置いてあるローテーブルにソーサーごとカップを置かれると、さあ飲めと強制されているような気になってしまった。アイリーンは仕方なく、ああどうか誰にもバレませんように、と祈る気持ちでカップを手にする。

「……んっ」

「美味いだろう？」

「はい、とても」

素直に頷く。優しい香りが口の中に広がり、鼻に抜けていく。さすがオールドフィールド家の当主が好む物だ。アイリーンがこれまでの人生で口にした、どの飲み物よりも群を抜いて香り高く美味しい。

お茶の美味しい淹れ方を教わっても、それを一介の使用人が口にできることはほとんどない。初めての味わいにアイリーンの顔と身体から強張《こわば》りが取れる。

「俺も美味い茶を淹れる者を何人か知っているが、アイリーンが中でも一番だ」

「そんな……褒《ほ》めすぎですハロルド様。茶葉の質がいいおかげです」

「どんなにいい葉だろうと、下手な者が入れたら駄目になる。自分の腕は誇るといい」

「あ、ありがとうございます」

主からのまっすぐな褒め言葉に、アイリーンの頬が熱を持つ。ハロルドは自身にも厳しく他者にも厳しいが、いい仕事をする者に対しては手放しで称賛してくれる。

ハロルドが求める仕事の質が高いため、新人が褒め言葉をかけてもらえることはほとんどない。そのせいもあって怖ろしい主だと誤解されているのが、アイリーンは残念でならない。

ハロルドが本当に冷酷なだけの人間ならば、軍を率いることなどできないだろう。ハロルドを信頼し尊敬しているからこそ、兵たちは皆彼に命を預けられるのだ。

しかしこんな夜遅くに呼ばれた用とは、お茶を共にするためだったのだろうか。

使用人である自分から問いかけることはできない。アイリーンは主から話を向けられるのを静かに待ちながら、束《つか》の間《ま》許されたソファーの座り心地と香茶の香りを楽しんだ。

「アイリーン」

「はい」

名を呼ばれ、ティーカップを置くと元から伸びていた背筋に力を入れた。

ハロルドの漆黒《しっこく》の髪が壁に備えつけられた燭台《しょくだい》の赤い光に照らされ、ゆらゆらと光を反射している。昼間に比べるとずいぶん頼りない明るさの中で、ハロルドと視線を交わす。

もともと表情の変化の多い主ではないが、それでもアイリーンはその中に僅かな緊張を感じた。国境での予期せぬ争いの知らせに飛び出していくときですら、少しの気負いもない主であるというのに。

名を呼んでまた間の空くことも、ハロルドにしては珍しいことだった。

無駄な時間の浪費はハロルドの嫌悪することの一つだ。報告や相談は淀《よど》みなく、過不足なく――ハロルドの身の回りのお世話を預かるようになってからアイリーンが徹底していることの一つでもある。

しかし急かすことはせず、アイリーンは静かに待つ。ハロルドの膝《ひざ》の上で組まれた手にぐっと力が込められたのが見えた。

「単刀直入に言おう」

ハロルド同様にゆらゆらと揺れる光に照らされ、アイリーンの未だに幼さの残る丸い頬や赤い唇が際立つ。一度解《ほど》いたために昼よりも緩《ゆる》くまとめられた栗色の髪は、元来の柔らかそうな髪質を窺わせた。

アイリーンは田舎の村の出身であったが、その可愛《かわい》らしさは都会の洗練された女性の持つ輝きと比べてもまったく遜色《そんしょく》ない。薄茶の丸く大きな瞳と、それを縁取る長いまつ毛。滑らかで柔らかそうな頬に、ふっくらとした赤い唇。

愛らしい容貌はアイリーンの魅力であるが、それはあくまでも見た目だけの話であり彼女の真価はその中身にこそあるのだと、ハロルドは知っている。

「アイリーン、俺と結婚してくれ」

「わかりまし……ん？」

「アイリーンを愛しているんだ」

ハロルドの唇が動いて何かを音にしたのは、わかった。

しかし理解が追いつかない。

「ハロルド、様？」

もともと丸い目をさらにまんまるにして、アイリーンは主の名を口にする。

そう、主だ。紛《まぎ》れもなく間違いようもなく。

ハロルド・オールドフィールドはアイリーンの主である。

この辺境の地の領主であり、国を守る辺境伯。

アイリーンとは生まれも育ちも、生きている世界もまったく違う人だ。

「あの……ご冗談でしょう？」

「この俺がこんな冗談を言うと思うか？」

「で、では……」

「先に言うが、今日は一滴も酒を口にしていない。まあどれだけ飲んでも酔ったことなどないがな」

燭台の炎に照らされて、ハロルドの瞳も燃えているようだった。その赤に普段は見ることのない力を感じた気がして、なぜだか背中がひやりとした。まるで戦場帰りの、荒々しく殺気立ち少し近寄りがたい彼のように見えたせいだ。

そんなはずがないと、アイリーンは慌てて自分の見たものを否定する。

ここは主が寛《くつろ》ぐ私室である。何かの見間違いだろう。この城は隣国との国境線にある砦《とりで》からは距離があるし、今は情勢も落ち着いている。ハロルドが出かけるのも最近は訓練や視察ばかりで、物騒な気配とはほど遠い。

「俺はアイリーンのことをよく見ているつもりだ。実直な仕事ぶりも評価している。君は自分の目で見て確認したうえで、物事を図《はか》る判断力がある。また主である俺だけにではなく、使用人仲間へさり気ない気遣いができる。それは誰にでもできることではない」

ハロルドがここまで細《こま》かに自分の仕事を見ていてくれるとは、思いもしなかった。

この広い城には多くの使用人がいて、自分はそのうちの一人でしかないのだから。

アイリーンは思わず赤くなってしまった頬を両手で押さえる。

「アイリーン、君は仕事が優秀なだけではなく、何より人として女性として、とても魅力的だ。そんな君を愛している、結婚してほしい」

「ハロルド、様……」

これは夢なのだろうか。あのハロルドに愛を告げられ、結婚を請われるなど。

本当の自分はメイド部屋のベッドで熟睡していて、都合のいい夢を見ているのだ。そう考えるほうがどれほど現実的だろう。

突然すぎる告白に返答をすることもできずただ顔を赤くするばかりのアイリーンを、しばしハロルドは見つめていた。

しかしふいに「返事は急がなくてもいい」とため息のように落とされる。混乱しているアイリーンに時間の猶予《ゆうよ》を与えてくれたのだと、その優しさがしっとりと滲《にじ》んでくる。

ありがとうございますと、アイリーンはぎこちなく微笑んだ。

◇◇◇

突然の愛の告白に驚き思考が停止して足元が覚束《おぼつか》ないアイリーンを支えて、ハロルドはメイド部屋の前まで送ってくれた。

広い背中を見送ってからずっと、アイリーンの頭を占めるのはその主のことばかりだ。

仕事はどうにかこなせているが、あの夜以来ずっと注意力散漫になっていることには自覚がある。いつもは慎重に丁寧《ていねい》にと気を配り手入れをしている高価な置物を、この数日の間に何度手を滑らせそうになったか……。

壊すどころか、少しでも傷をつけたらその瞬間に一生働いても返すことのできない借金を負《お》ってしまうというのに。

「仕事に集中しなくちゃ」と言い聞かせても、気がつくと考えてしまう。

何度も何度も頭の中で飽《あ》きることなく、あの夜のハロルドの真剣な表情、香茶の香り、低い声で告げられた言葉を繰り返している。

結婚。

その二文字を。

ハロルドからの真摯《しんし》な想いを。

アイリーンにとってハロルドは多少取っ付き難いところもあるが、決して理不尽なことは言わない、仕えるのに申し分のない主。ただ、それだけだ。

雇い主と使用人。

辺境伯という爵位を持つ貴族と平民。

そもそも生まれたときから、生きている世界が違う。

婚姻はもちろんのこと、慕う対象にすらなり得ない。

――少なくともアイリーンの常識では。

しかしハロルドの言葉を嘘だとはほんの少しも思えなかった。

曲がったことの許せないハロルドは、メイドの心を弄《もてあそ》ぶだけの戯《たわむ》れなど決してしないだろう。そのような人物ではないことをアイリーンもよく知っている。

何よりも、あのアイリーンの心を射抜くようなまっすぐで力強い瞳――。

「……あっ」

磨《みが》いていた銀食器がつるりと手からこぼれた。

幸いにして床に落ちることもなく、テーブルに並べられていたフォークやナイフと当たった音だけが響く。慌てて手に取り、傷がついていないことを確認する。

普段なら決してありえない失態だったが、それもここ数日では珍しくないときているから困ってしまっている。知らず深いため息がこぼれた。未だに誰にも見咎められていないのはただの偶然と幸運だ。

アイリーンが故郷の村を出たのは十五歳のときだ。

村を出るまでに、縁談がまったくなかったわけではない。それどころか長女として両親を支え、幼い弟妹達《ていまい》の面倒を見ながら働く真面目なアイリーンをどこの家が嫁にもらうのかは、小さな村の住人が関心を寄せる話題の一つであった。

しかしアイリーンの関心は異性よりも家族に向けられていた。同年代の女の子の恋の話に憧《あこが》れを抱きつつも、家族以上に気にかかる人はいなかったのだ。

働き者で人目を惹《ひ》く外見のため、村の男性に想いを告げられたこともある。この城で働くようになってからのことも合わせれば、片手では足りないほどには。

いつかは故郷に戻り誰かと家庭を築こうという思いはあるが、それは漠然とした将来像でしかなかった。

アイリーンはクロスを置き、両頬に触れた。確認するまでもなく熱い。

ハロルドのことを考えているとこうなってしまうのだ。

今までこんなふうに意識したことなどなかったというのに、今はどうしてもハロルドのことを、あの夜のことを思い出すだけでこうなってしまう。

その理由にアイリーンは薄々気がついていながらも、明確に意識してはいけないと心に制止をかける。

どんなに心を動かされようとも、アイリーンは平民でしかないのだ。

「アイリーン、オールドフィールド様がお帰りになったわよ」

「っ……すぐ行く！」

同僚のメイドの呼びかけに心臓が跳ねた。

ハロルドはあの夜の翌日から数日、仕事でずっと城を空けていた。

特に珍しいことでもないため城の中はいつも通りだったが、アイリーンは顔を合わせずにすむことに安堵していた。ハロルドの顔を見る勇気がなかったからだ。

あの夜のことを思い出すだけでこんなにも動揺してしまうというのに、直接会話をしたらどうなってしまうのか。

しかし同時に早く会いたい、もっと話をしてみたいとも思っていた。

出かけ間際にハロルドから向けられた——考えすぎかもしれないが——意味深な視線の意味を知りたくて。

アイリーンは深呼吸をして、ざわめく心を少しでも落ち着けようとした。

この城にいる限り、自分はメイドだ。

邪《よこしま》な気持ちで主に対応することなどあってはならない。

だが、ふと思う。

……邪な気持ちとはいったいなんなのだろうか。

◇　◇　◇

ざぶりとお湯が音を立てる。

オールドフィールド城には、先代当主の時代に造られたという立派な浴室がある。タイル張りの床より一段低くなった広い窪《くぼ》みには、なみなみとお湯が張られていた。

田舎では井戸から水を汲むのが子供の仕事の一つだが、街では地下に水道管というものが張り巡らされていて、その管の先にある蛇口《じゃぐち》を捻《ひね》るだけで水が出るようになっている。

さらにこの城では管が二本通っており、片方からお湯が出るのだ。

アイリーンが初めてこの浴室を見たとき、貴族と平民は本当に生きる世界が違うのだと心底驚愕《きょうがく》させられた。田舎で身体を清めるといえば、川で水浴びをするか、井戸から汲んだ水で濡らした布を使って身体を拭くしかない。

お湯は寒い日の水仕事を楽にさせてくれるだけでなく、全身を温めることを可能にするのだ。

ハロルドの湯浴みのお世話にも慣れたはずなのに、今日はなぜか彼のことをまっすぐに見ることができない。

湯に浸かっているハロルドから極力目を逸《そ》らして、アイリーンは浴室の隅で主の身体を洗う準備をすることに集中した。集中するふりでしかないことは、自分が一番よくわかっている。意識はずっと他にあることも。

「アイリーン」

「はいっ」

ハロルドの低い声が浴室に響く。

突然名を呼ばれて動揺したアイリーンは、普段であればありえないような上擦《うわず》った声を上げてしまった。ハロルドが喉の奥で笑った気配がする。

彼が笑むなど珍しいことなのにそれに驚いたりする余裕もなく、ただ頬が熱くなった。常ならば心地よささえ感じていたはずの湯気の温度にくらくらしてしまう。

「アイリーン、こちらへ来い」

「あの……はい」

命令に逆らう選択肢などあるはずもなく、アイリーンは濡れたタイルの上を移動すると、主の身体を隅々まで清めるために高価な石鹸《せっけん》で泡立てたタオルを手にした。

発達した筋肉の硬さや、太さ。

自分とは比較にならない胸板の厚さや背中の広さ。

ハロルドの身体にいくつも残る大きな傷痕《きずあと》を怖れて、お世話をすることを嫌がるメイドもいたという話を耳にしたことがある。

辺境伯として軍を率いるだけでなく、軍人として身体を張って平和を維持してくれるハロルドのような人がいるから、平穏な毎日を送ることができるのに。

彼の傷を痛ましく思うことはあっても、恐怖など湧《わ》きようがない。

湯浴みの世話の最中にアイリーンが目を逸らしたことは一度もなかった。

だが今日だけは——。

「今日は様子がおかしいな。留守中に何かあったか？」

「いえ、何もありません」

「ではどうして目を逸らす？」

アイリーンの挙動不審ぶりに、ハロルドが気づかないはずがない。

観察眼鋭い人なのだ。こうも明らかに普段と態度が違えば、問い質《ただ》されることに何も不思議はない。

ただアイリーンには、返答するための解答が用意できていない。

当たり前だ、アイリーン本人にすら理由は判然としていないのだから。

「あ、の……」

ハロルドは無駄な時間を厭《いと》う。会話は要点をまとめて、簡潔に。この数年で身につけたはずのことが、どうしてかできない。頭が空回りして、どうしようという言葉ばかりが頭の中で無駄に繰り返される。口を開きかけては、しかし何も言えずに閉じてしまう。

そんなことを三度も繰り返したのに、ハロルドからは「もういい」という声は上がらなかった。かわりに「こちらを見ろ」と低い声が響く。

拒絶は許さないと言わんばかりの強い声音《こわね》に、アイリーンはどうにか意思の力でもって顔を向けた。途端に目に入るのは、お湯に浸かるハロルドの裸体だ。無駄のない筋肉に覆われた、アイリーンとはまったく違う男性の身体。その肌を流れるお湯の雫に目が吸い寄せられて、慌ててハロルドの燃える瞳へと向けた。

しかしそれはすぐに後悔することとなった。アイリーンの奥底までも暴《あば》くような強い光に、どくりと胸が大きく跳ねたのだから。

ハロルドが今目の前にいる。

数日間、頭の中で何度も反芻《はんすう》した彼が――。

逃げ出したいほどの恐怖と、苦しいほどの喜びがアイリーンの胸の奥を支配していた。

手が震える。耳までが熱いのは、湯気のせいだけではない。

ハロルドが燃えるような瞳で自分を見つめている。

それだけでどうしてこんなにも特別なことだと感じてしまうのか。

ふいにハロルドが唇を緩め小さく笑みを浮かべた。

その笑みに目を奪われたと同時に、アイリーンはハロルドに手を引かれて大きな水音を立てながら湯の中へと引き込まれていた。

「ハロルド様っ、何をするんですか!?」

跳ねた湯が頭までかかり、全身を濡らしながらアイリーンは声を上げる。

顔の水滴を払って目を開くと、至近距離に主の瞳があり慌てて目を逸らした。

湯船の中で、主の膝の上に横抱きにされていることに気がついた。

あってはならない事態だというのに身体が動かない。

「帰ったらどんな顔をされるかと、俺も人並みには気にかけたのだがな」

ぽつりと呟《つぶや》く言葉に問い返す余裕など、アイリーンにはない。

濃紺を基調としたメイド服も白いエプロンも全てがぐっしょりと水を吸って重たく、アイリーンの身体にまとわりついている。その布地の上から、ハロルドの手が逃がさないと言わんばかりの力強さで、がっしりとアイリーンの腰を押さえていた。

自分の身体が主の裸の胸にぴったりと密着し、肌に伝わる熱を強く意識してしまう。

その熱は湯の温度なのか、ハロルドの体温なのか。

「アイリーン」

「は、はいっ」

「こちらを見ろと言っただろう」

咎めるような言葉なのに、口調は柔らかい。

アイリーンの気のせいでなければ、甘ささえも含まれているように思う。

低く落ち着いた声が耳を震わせて、頭の中に霞《かすみ》がかかる。胸の音がうるさい。このままでは、ハロルドに聞こえてしまうのではないだろうか。そんな心配をしながら、けれど暗示でもかけられてしまったかのように、アイリーンは一度伏せた顔をまた上げた。

ハロルドの瞳の輝きはアイリーンの心を強く震わせる。

炎の色をした瞳に魅入《みい》られてしまう。

綺麗な色だと、ただそう思った。

力強く、確かな意志を秘めているこの瞳を恐れるなんて、アイリーンには考えることすらできない。燃える炎を忌避《きひ》し手放すくらいならば、いっそ寄り添い身を焦《こ》がしてしまうほうが――。

ゆらりと光が揺れて、そしてアイリーンが望んだことを理解しているかのように、ハロルドがゆっくりと近づく。

何をされるかをわからないほど初心《うぶ》ではない。この数日間混乱していたのに、ハロルドに身を任せるのはとても自然なことのように思えた。

「ハロルド、様。私、初めて、で……」

そう伝えるアイリーンにハロルドは小さく笑んだ。

最低限の知識というものは、おしゃべりな女同士の会話の中で身についている。

けれど、あくまでも友人のおしゃべりを聞いた程度のもの。

近くに寄り添うだけで、こんなにも胸がうるさくなってしまうなど、誰も教えてはくれなかったのだから。

ハロルドの手がアイリーンの頬に触れる。火傷をするのではないかと思うほど熱く感じる一方でとても気持ちがよくて、知らずに入っていた肩の力がふっと抜けた。

「嫌でなければ、ただ目を瞑ってさえいればいい」

「……はい」

常ならば聞くことのない、柔らかな響き。

嫌だという感情はどこからも湧いてくることはない。この柔らかさを知るのは自分だけであればいいとすら頭の隅で思った。アイリーンはそっと目を閉じる。

ハロルドの硬質な雰囲気に反し、唇に触れたのは声音以上の柔らかさだった。

ふにゅりとした気持ちよさと熱さに、胸がまたどくりと音を立てる。このままでは鼓動だけが胸から飛び出してしまうのではないかというほどに、強く。

けれど一度だけ柔らかく触れて、離れてしまう。

触れた熱から離れがたく目を開くと、とても近い距離に炎の揺らめく瞳があった。

ずっと見つめられていたのだろうかと、恥ずかしさで目を逸らしたくなってしまうのに、彼の炎に囚《とら》われて目が離せない。

「もう一度、しても？」

「はい」

柔らかさをまた欲しいというアイリーンの心を見透《みす》かしたように、ハロルドの唇が降りてきた。何かが胸に広がる。それが何かはアイリーンにはよくわからなかったが、今までに感じたことのない、頭の芯を溶かすかのような気持ちよさだった。

「ハロルド、様」

目を閉じたまま、名を呼ぶ。頬に触れるハロルドに自らの手を重ねた。

アイリーンの想いを理解しているかのように、ハロルドの唇が重なる。

お互いの意思確認はすんだとでも言うかのように、離れてはまた触れ合う。

何度も。

繰り返される優しい口付けに、世界がそれだけになってしまったかのように錯覚する。

時折ちゅっと鳴る音が浴室に響いて、耳からもハロルドの存在を感じた。

自分の中の熱とハロルドの熱と、そして服を通して感じる湯の温度と。

全てにくらくらして息を吸おうと唇がほんの少しだけ開く。その瞬間を待っていたかのように、するりと熱いものが口内へ滑り込んだ。

「……ぁっ」

驚きに小さく声を上げると、頬に触れていたハロルドの指が耳をなぞる。ひくんと勝手に身体が揺れた。

口内に侵入したものが、ハロルドの舌なのだと理解はしている。そしてそれが口付けの延長線上にある行為だということも、知ってはいた。

「ん……ふっ」

しかし、この声はなんだろうか。

ハロルドの舌が口内をねっとりと堪能するように舐《な》め上げるたび、彼の指が耳朶《じだ》をくすぐるように撫でるたび、鼻にかかった甘えるような声が浴室に木霊する。

それが自分から発せられているのだとやっと思い至ったとき、奥で縮こまっていたアイリーンの舌にハロルドが絡んだ。

「んんっ」

またも身体が揺れる。アイリーンは気がつかないうちに己の手をハロルドの肩へかけ、しがみつくようにきゅっと指先に力を込めていた。いつしか夢中になって、ハロルドの舌にぎこちないながらも動きを合わせていて、小さな喘《あえ》ぎ声がひっきりなしにこぼれ出る。

ぴちゃぴちゃと、湯が跳ねるのとは決定的に違う、粘度《ねんど》の高い淫猥《いんわい》な響きが二人の間から上がる。ハロルドの舌に支配された口内から溢《あふ》れた、嚥下《えんげ》しきれない唾液がアイリーンの口の端から流れ落ちていく。その感触に背筋がぞくぞくと震えた。

やめてほしいとは思わなかった。それどころかもっとしてほしい、永遠にこのまま溶けてしまいたいとすら感じていた。

「……あっ」

アイリーンが目を見開き身体を離したのは、メイド服の後ろのボタンを外されていた驚き故のことであり意識してではない。エプロンはいつ脱がされたのか、湯船の遠い所をたゆたっている。

メイド服が肩から滑《すべ》り落とされ、アイリーンの豊かな乳房がまろびでていた。丸みを帯びた白い乳房にあるピンク色の頂点は一つしか見えない。もう片方は日焼けしたハロルドの手が覆《おお》っていた。

こんなにも衣服を乱されておきながら、ハロルドの手が直接触れるまでまったくわからなかった自分が信じられない。

「どうした?」

「あ……あの。ひゃぅっ」

優しげなハロルドの問いかけに答えようにもピンク色の突起を摘《つ》まれ、アイリーンは甲高い声を響かせた。自分で身体を拭くときはなんともないのに、ハロルドに触れられるだけで背筋を何かが走り抜ける。びくりと身体が震え、お湯がざぶりと動いた。

ハロルドは大きな手でアイリーンの乳房を持ち上げる。そして、ハロルドのすることから目が離せないアイリーンに見せつけるように、親指と人差し指でぷっくりと膨《ふく》れた中心をくりくりと摘んだ。

「んあっ、あ……はっ」

ハロルドの硬い指先に弄ばれ、彼の思うがままにアイリーンの柔らかな乳房が形を変える。突起を引っ張られたかと思うと潰すように押し込まれたり、白い肌に埋《う》めるようにハロルドの指が乳房を摑《つか》んだり。

痛みはない。それどころか痛みに変わる何かが身体の中を駆け巡る。発熱してしまったかのように熱い。

自身の身体の一部を嬲《なぶ》られながら、このままではいけないとアイリーンは頭を振った。

「だ……だめ、です。ハロルド様ぁっ」

媚《こ》びるような甘い声音に、アイリーン自身が驚いた。その声がひっきりなしに自分の喉からこぼれていた甘い響きであることには気づけない。

アイリーンの制止に、ハロルドはぴたりと動きを止めた。

「嫌か？」

「……っ」

小さく問われた言葉に、首を横に振る。

嫌ではない。

それは驚くほどに、まったく嫌ではなかった。

口付けと同じように、もっと求めてしまいたくなるほどに欲している。

嫌悪などアイリーンの心のどこを探そうとも欠片も見当たらない。

濡れた黒髪。

今は若干柔らかいが、人よりも鋭い眼光。

鍛え上げられた肉体を持つ男性。

アイリーンの目の前にいるのは、ハロルド・オールドフィールド。

この地を治める辺境伯だ。

主であるハロルドが一夜の慰《なぐさ》めの相手として命じるのならば、アイリーンに拒否権など初めからない。

本来はハロルドの望みを、こんなふうに止めることすら不敬である。

目を閉じて水音と二人の息遣いを夢見心地で感じていた口付けと違い、素肌を触れられるのは心地よいけれど、その先に進むのは怖い。

二人の間にある身分差が、圧倒的な現実感を伴ってアイリーンを襲った。

「わ……私、あの」

「すまない、性急すぎたな。しかし、きまぐれに慰みにしようとしているのではない。言っただろう。愛しているんだアイリーン」

「ハロルド、様」

こくりと、アイリーンの喉が鳴る。

夢ではないかと何度も疑った愛の言葉を、また聞けるなんて思ってもいなかった。

今まで誰に想いを告げられても、こんなにも心が揺さぶられ、涙が流れそうになったことはない。

ハロルドのことを想い慕っていたわけではない。良い主に対する敬意だけだったはずが、なぜこんなふうに変化してしまったのか、アイリーン自身にすら説明がつかない。

けれどこの数日間悩んでいたことが嘘のように、紛れもなくハロルドのことを特別に思っているのだと、ただ自然とそう理解できた。

「すみま、せん」

震える声でそう伝えるのが今できる精一杯だった。

ハロルドは少しだけ瞼を閉じそして開くと、無言でアイリーンの衣服の乱れを直してくれた。向かい合わせのまま、背中のボタンを留めてくれるハロルドに緊張しながらもそっと身を寄せると、まるで抱き締めるかのようにその腕に力がこもる。

しかしそれも瞬きの間のこと。

ハロルドはそっとアイリーンの身体を膝から下ろすと、流れていってしまったエプロンを取ってきてくれた。

ぐっしょりと濡れて重くなった白い布地を受け取り、震えそうな声で礼を口にするアイリーンの手をハロルドがきゅっと摑む。

「君の気持ちも考えずに悪かった。悪いようには思われていないように感じて、つい気が急《せ》いた。君の気持ちが追いつくまで待つから、俺とのことを真剣に考えてほしい」

目が合うと、心の内側まで覗き込まれるかのような錯覚を起こしてしまう。

くらりと目眩《めまい》がした。

威圧感のある風貌《ふうぼう》のせいで使用人に恐れられている男にここまで請われている。

逆らうなと命じさえすればいいのに、アイリーンの気持ちを尊重してくれるというのだ。

その優しさに涙がこぼれそうになり、アイリーンは誤魔化《ごまか》すために慌てて頭を下げ、バタバタと逃げ出すように浴室を出ていくことしかできなかった。

◇　◇　◇

「オールドフィールド様のお部屋のお掃除？」

掃除道具を抱えて廊下を歩いていると、後ろから声をかけられ振り返る。

「あ、シンディー」

艶やかな金茶の髪を持つシンディーは城で働き始めてそんなには長くないが、同室で同い年ということもあってかお互い気安く話せる間柄だ。

「大変ね、アイリーン。あの方と二人きりになるかもしれないお部屋の掃除なんて、私は絶対にゴメンだわ」

シンディーはアイリーン同様に遠くから出てきて働いているが、彼女は大きな町の出身で幼馴染との結婚が決まっているらしい。職人として修行中の彼が親方に一人前だと認めてもらえるまでこの城で働く予定らしく、結婚のための準備期間なのだとよく幸せそうに話している。

そんな彼女の話を聞くのはとても楽しいのだが、ハロルドに対しての印象についてだけは受け入れられない。シンディーも噂から得たハロルドのイメージと実際に目にした不愛想さから、恐ろしくてひどい人間であると思い込んでいるのだ。

アイリーンにとって主の寝室の掃除を任されるのは誇らしいことなのだが、それを何度伝えても理解をしてもらえない。

ハロルドは決して冷たい人なんかではなく、国を守る辺境伯として冷徹に仕事をしているだけ。けれど情熱的な面もあるのだと——そう反論しそうになり、アイリーンは慌てて口を噤《つぐ》んだ。

なぜそんなことを知っているのかと問われても答えようがない。

アイリーンは渦巻く感情を抑えつけて静かに苦笑だけを返した。

大広間の掃除担当のシンディーと廊下の途中で別れると、アイリーンはハロルドの寝室へ向かった。掃除用具を抱えながらいつものようにノックをし、返事のない部屋へ足を踏み入れる。この時間ハロルドは執務室で仕事をしているはずだ。

掃除用具を置くと常ならば黙々と作業を開始するのだが、アイリーンは「さて！」とわざとらしく声を上げた。

シンディーに悪気はないことはわかっている。

それでもアイリーンが誇らしく感じている仕事を憐《あわ》れまれたり、ハロルドについての誤解を突きつけられると気分が落ち込んでしまう。

そんな憂鬱《ゆううつ》な気持ちを、声を出すことで振り払った。

ハロルドの寝室は広い。床材の色に合わせて濃い茶系統で揃えられた家具は重厚な作りで、どれも一流の品だ。

部屋の中をくるりと見回して、普段気にも止めないベッドが目に飛び込んできた。

使用人に与えられている寝具とは当然大きさも質も比べものにならない。

今まではただの家具としか認識していなかったのに、シンディーの言っていた「あの方と二人きりになるかもしれない」という言葉のせいで意識してしまう。さらには昨日の出来事を詳細に思い出してしまった。

声を出しいつも以上に身体を動かしながら仕事をして、どうにか考えないように努めていたというのに。

情熱的な口付けと、アイリーンの肌に触れるハロルドの手の大きさ。

あのままハロルドに身を任せていたら、浴室で情を交わしたのだろうか。

それともこのベッドまで来て……。このベッドに身体を横たえるハロルドの、あの均整の取れた肉体のことを想像してしまう。

あの大きな手に己の身体を触れられたのだと思うと胸が苦しくなって——。

「……だめだってば！」

小さく言葉を発して、頭を振る。

次から次へと湧き出すいかがわしい想像を無理やりに断ち切った。

寝不足のせいだ、こんなにも不純なことを考えてしまうのは。

あのあと、明け方までずっと頭の中で浴室でのことがぐるぐる思い起こされて、ろくに眠ることもできなかった。

静かな部屋で火照《ほて》ってしまった頬に触れ、そして大きく呼吸をする。

このままではだめだ。仕事はきちんとしなくては。

アイリーンがこの城で働いているのは、ハロルドと男女の関係になるためでは決してない。田舎の家族への助けとなるためだ。

それに、とアイリーンの頭の中で声がする。

ハロルド様も私の仕事ぶりを認めていらっしゃっていたもの——。

まっすぐにアイリーンを射抜く彼の情熱的な燃える瞳と、低く落ち着いた、それでいて心をひどく掻《か》き乱す力強い声音が耳に蘇《よみがえ》る。

「だから、だめだってば」

またもハロルドのことをぼんやりと考え始めた自分を、再度首を振って戒《いまし》める。

何をしていても、何を話していても、頭の中は常にハロルドのことでいっぱいだ。

こんなことではいけないと冷静に自分を戒めても、その声はすぐに小さくなって消えてしまうのだ。

まったくもってキリがない。

アイリーンは自分の意識を仕事に向けるためほんの少しだけ大股に歩き、勢いよくベッドのシーツを引き剝《は》がした。シーツは洗いたてのものと交換し、古いシーツは洗わなければならない。引き剝がした白い布を抱えるとふわりと石鹸の香りがした。

香りに紐付けられた記憶がまたも勝手に脳裏に蘇る。

口付けを交わしたとき、ハロルドから石鹸の香りがしていた――。

――だから、だめだってば！

理性ではそう思うのに、手がシーツを抱き寄せる。ほんの少しだけだからと、誰に対してかわからない言い訳をしながら、シーツへ顔を寄せた。

微かに残るハロルドの香り。

「ハロルド、様……」

小さな声は誰に聞かれることもなく溶けていく、はずだった。

「なんだ？」

「……っ！」

あるはずのない応えの声に、アイリーンの肩が跳ねる。シーツの香りに意識がいってしまい、部屋の扉が開く音に気づけなかった。アイリーンは身体を固くし動けなくなってしまう。

今さらハロルドが近寄ってくる足音に気づいても遅い。アイリーンの後ろにハロルドが立ったのが気配でわかった。

「アイリーン」

ハロルドに名を呼ばれる。

「あ、あの……」

アイリーンは動揺のあまり返事ができなかった。

この時間は執務中のはずなのに、なぜここにハロルドがいるのか。一人きりだと思っていたからこそ、シーツを抱き締めるなんてことを自分に許してしまったのに、まさかハロルドに見られてしまうなんて。

羞恥《しゅうち》のあまり、アイリーンは頬を赤く染めた。

こんな顔を見られるわけにはいかない。

けれど魔法にでもかかったかのように、肩にかけられたハロルドの手に応えてアイリーンは振り向いていた。

赤く染まった頬を隠すこともできず、ハロルドに見つめられてしまう。

「昨日の振る舞いで嫌われたかと覚悟していたのだが、杞憂《きゆう》だったか？」

頭の中で繰り返された「だめだ」という声は、意味を意識する前に掻き消えてしまう。

ハロルドを見上げながら、アイリーンはそうするのが当然であるかのようにほんの少しだけ背伸びをしていた。何も言わずとも心得たようにハロルドが顔を近づけてくるのを見て、アイリーンは情熱を湛える赤い瞳を脳裏に焼きつけながら目を瞑る。

柔らかさが唇に触れた。

「ハロルド様」

触れるだけで熱が離れてしまい、アイリーンは吐息を漏らすように名前を呼んだ。すると腰に腕が回り、ハロルドの逞しい胸へと引き寄せられた。

ハロルドの舌が薄く開いた唇から侵入する。うるさいほどに鼓動が胸を打つ。

どくどくと鳴る胸にシーツを抱えながら、アイリーンはハロルドの舌を受け入れた。昨夜眠れず何度も思い返したハロルドの熱が与えられている。

己を戒める理性は、ハロルドを求める想いに完全に負けてしまった。ハロルドが抱き寄せる腕の強さも、何かを確かめるように口腔《こうくう》で絡まる熱も、耳から聞こえる水音も何もかもがアイリーンの胸を高鳴らせる。

ほんの少しだけ離れると吐息をもらす。けれどすぐに角度を変えて、ハロルドに口腔を貪られた。

どちらのものともわからない唾液がアイリーンの顎《あご》に流れ落ち、それをハロルドの舌が舐め上げる。うっすらと目を開くと、ハロルドが熱く火傷《やけど》してしまいそうな炎の色の瞳でアイリーンを見つめていた。繋がっていた銀糸がふつりと切れてしまい、何だか急に切なくなってしまう。

いつの間にか、ベッドに座るハロルドの膝の上に抱えられていて驚いてしまう。口付けに夢中でそんなことにも気がつかなかったらしい。

ハロルドと触れ合うことで上がりっぱなしの熱が、アイリーンの理性を溶かし判断力を失わせたようだった。

「も、申し訳ありません」

アイリーンは慌てて降りたが足に力が入らず、床へ座り込む前にハロルドの腕が伸び抱き寄せるようにして支えてくれた。

「腰が抜けたようだな」

「すみません……」

「謝る必要はない。嫌ではなかったということだろう？」

ハロルドが目を細めて、楽しそうに喉の奥で笑った。

「……あ、あの」

ハロルドの低く小さな笑い声がアイリーンの思考を乱す。

言葉を返せないアイリーンの唇を、ハロルドの硬い皮膚の指がなぞる。

「すまない。寝る前に読んでいた資料を取りに来ただけなんだが、君に会ったら触れたくてたまらなくなった」

確かにベッドのサイドテーブルにはいくつかの書類が重ねられていた。執務室にいるはずのハロルドが寝室に来たのはそういう理由だったのかと理解する。

欲していたのは自分だけではなかったのだということに、安堵と喜びが湧いた。

「口付けだけならば、許してくれるのだな」

ハロルドの口元に笑みが浮かぶ。

眩しいような、しかしそれでいて苦しくなるような。

ハロルドがアイリーンにだけ向けてくれる笑顔を脳裏に焼きつける。

好きだ、と思う。この人が好きだと——。

誰に想いを告げられても、心が揺さぶられることはなかった。

なのに、ハロルドにだけ心が揺れる。

彼に向かって、どうしようもなく心が動く。

理由などわからない。ただ冷徹《れいてつ》な態度の奥に熱い情熱を秘めたハロルドがたまらなく恋しいのだと、アイリーンは自分の気持ちをやっと自覚していた。

第二章　身分

　寝室での出来事をきっかけにして、ハロルドとの関係は大きく変わった。

「ん……ふっ」

　膝の上に横抱きにされ、ハロルドの太い首に手を回してしがみつきながら、熱い舌を受け入れた。ハロルドのために淹れた香茶の香りが、彼の舌を通してアイリーンにも伝わってくる。

　ハロルドの執務室や私室で二人きりになったとき、口付けを交わすようになった。それはハロルドからだけでなく、時にはアイリーンから仕掛けることもある。触れてしまえば、あとはもう互いの熱を高め合うだけだ。

　どちらから求めることが多いかなど、もうわからない。

触れ合うだけの口付けや、貪《むさぼ》り合う情熱的な口付けを、もう何回交わしたことだろう。飽きもせず、求めてしまう。

こんなことはやめなければと思うのに、ハロルドに抱き寄せられると、彼を拒もうという意思はその瞬間に潰《つい》えてしまうのだ。

家族のためにと気を張っているアイリーンにとって、ハロルドとの口付けはひどく甘くて、抱き寄せる腕は力強くて安心してしまう。

もっと抱き寄せてほしい。

ハロルドの体温を感じていたい。

彼から与えられる情熱に溺《おぼ》れていくばかりで、どうしても拒むことができない。アイリーンの心はハロルドだけを求めてしまう。

浴室での出来事以降、ハロルドは口付け以上のことはしない。

彼の告白に対する答えを求められないことをいいことに、アイリーンは夢見心地な時間に耽溺《たんでき》してこの状況から抜け出す方法を考えることすら放棄しかけていた。

「ハロルド、様」

唐突に離れた唇に、アイリーンは思わずねだる声をあげてしまう。けれどハロルドは大きな手でそっと頬を撫でると、膝から降りるようにアイリーンを促した。

「誰かが来たようだ」

ハロルドが扉に視線を向ける。

アイリーンは膝から降りると、慌てて距離を取った。メイドが主の膝に乗っているところなど見られていいわけがない。

アイリーンが適切な距離を取るのと、大きな音を立てて扉が開かれたのはほぼ同時だった。危ういタイミングに背中に冷や汗を流しながら、アイリーンは内心胸を撫で下ろす。

「ハロルド様、お久しぶりですわ」

「ルシア嬢」

略式の挨拶と共に執務室へと足を踏み入れたのは、隣接する領地を治めているマリガン伯爵家の末娘ルシアであった。

ルシアは見事な金の巻き毛を隙なく編み上げ、色鮮やかな赤いドレスを身にまとっている。目尻が少し吊り上がり気味ではあるが、その猫目は活動的な彼女の魅力を最大限に引き出していた。アイリーンよりも一つか二つ年齢が下で年頃であることも相まって、社交界では異性から数多く誘いの声がかけられているに違いない。

マリガン伯爵家の家人から、ルシアは愛情を一身に受けていると聞く。

誰もが目を奪われてしまうような可愛らしいルシアの姿を見ても、ハロルドは歓迎する意思がないと言いたげに冷たく硬い空気を放っている。先ほどまでアイリーンの唇を甘やかに食み、とろりと溶けそうな熱を孕《はら》む低い声を出していたとは思えない表情だ。

最近忘れてしまいそうになるが、ハロルドは誰に対しても常にこんな態度だ。しかし、今日はさらに冷ややかさが増している。

案内も請わずに執務室まで入り込むなど、教育を受けた令嬢とは思えないことをするルシアにも、彼女の勢いに押されて役目を果たせず扉の脇に立ち尽くしている男の使用人にも腹を立てているのだろう。

訪問が予定されていた客人であれば、使用人が応接室に案内し主人を呼びに来るものだ。ハロルドは使用人へ下がるように命じると、ルシアに執務机の前にあるソファーに座るよう促した。アイリーンに香茶の用意をするように命じて、ルシアの正面に座ると険《けわ》しい声を出す。

「ルシア嬢、本日お会いする予定はなかったかと思いますが？」

口調こそ丁寧だが、ハロルドの発する空気は驚くほどに温度が低い。

ハロルドは相手が使用人であろうが貴族であろうが関係なく、身分によって態度を変えることはない。ある意味では分け隔てなく公平とも言える。

「突然の訪問についての無礼は謝罪いたしますわ。けれど、わたくしどうしてもすぐに直接お伺いしたかったんですの」

ルシアはハロルドの態度に怯《ひる》む様子をまったく見せない。ルシアの様子に内心驚きながらも、アイリーンはティーポットへとゆっくりとお湯を注いだ。ハロルドの端的すぎる物言いには慣れていてもやはりハラハラしてしまう。

「お父様から聞いたのですけれども、わたくしとの婚約をお断りになられたというのは本気ですの？」

カチンと小さな音がした。

アイリーンが持つケトルとティーポットがぶつかってしまったせいだ。

ちらりとハロルドがこちらを見た気配と、ルシアが言い放った『婚約』という言葉に、胸が大きく脈打った。

ルシアの言い募《つの》る姿に、ハロルドがわずらわしいと言いたげに眉間に皺を寄せる。

「本気でなければそのような返事はしませんでしょう。改めて伝えさせていただきますが、貴女《あなた》との婚約のお申し出は正式にお断りさせていただきます」

「な……なぜですの!?　ハロルド様ならばマリガン家とオールドフィールド家との繋がりの重要性はおわかりになっていらっしゃいますでしょう!?」

「確かにマリガン伯爵家の豊かな領地と我が領地の軍事的利用価値を考えれば、婚姻による関係の強化に意義を見出すことは可能でしょう」

同じ室内にいるため、二人の会話は聞きたくもないのに耳に入ってきてしまう。

アイリーンは手が震えないようにと願いながら、カップへと香茶を注ぐ。頭の中で反響している『婚約』という単語の意味を考えたくもない。

「でしたらなぜ、断るなどと」

「マリガン家との関係は今でも充分に良好であると、私は考えています。作物の育ちにくい我がオールドフィールドの領地にとって、マリガンの領地は一番の交易相手ですし、マリガン側から見れば外敵からの壁として我が領地が位置づけられているのは明白。互いになくてはならない存在であることは、ルシア嬢のお父上もよく理解されている」

アイリーンはルシアの前に、そっと香茶を置いた。

ハロルドはアイリーンから香茶を直接受け取ると、外見に似合わない優雅な所作でカップに口をつけた。ほんの少しだけアイリーンへ視線を向けて、ゆるりと目を細める。これは香茶が美味しく淹れられたことへの賛辞を意味する表情だ。

褒められて嬉しいと単純に喜ぶ気持ちもあるが、アイリーンはひどく落ち着かない気分になった。なぜかルシアに対して後ろめたい気持ちになってしまう。

不自然にならないようそっと頭を下げて静かに部屋の隅に寄り、空気に同化したい思いで息を潜めた。

ハロルドは悠然《ゆうぜん》とソファーに深く沈み、つまり、と続けた。

「わざわざ婚姻による関係の強化などせずとも、我々は密な関係にあるということです。貴女のお父上は私の説明に理解を示してくださいましたよ」

どれだけ力が入っているのか、ルシアがスカートの上で重ねていた滑らかな肌の細く長い指先は、血の気が感じられないほど白くなってしまっている。

「そもそも、です。私は家や領地のために自身を犠牲にすることは、前時代的だと考えているのですよ、ルシア嬢」

「何をおっしゃっているの？　それが、わたくし達貴族の務めの一つでしょう？」

「我々には多くの民の命と生活を守るという責務があります。しかしそれは個の感情を排してでないと成《な》されないことであるのか、という疑問が湧きませんか？」

「利害関係による結びつきは、婚姻関係による結びつきを越えることはできませんわ」

「貴女は御家族に恵まれて幸せでいらっしゃいますから、そう考えるのは自然でしょう。貴族でなればこそ、婚姻相手も利害だけではなく貴女の個人の思いが優先されるべきだ。貴族であろうとそうでなかろうと、想いが伴わない婚姻関係など利害関係にも劣る」

「……っ。ハロルド様は案外ロマンチストでいらっしゃるのね」

ルシアはハロルドをまっすぐに見つめながら、すっくと立ち上がった。強く重ねていた手をぎこちなく動かして、礼をとる。

「本日は失礼いたしますわ。急な訪問、申し訳ございませんでした」

「お父上に今後もよろしくお伝えください」

ハロルドのルシアに対する礼は最低限だった。今回の突然の訪問に対して快く思っていないことを隠そうともしていない。

アイリーンは複雑な思いを抱えながら、ルシアを玄関へと案内する。ルシアは幼い頃から父親であるマリガン伯爵に伴われて、よくこの城へ来ていたらしい。だから、案内もなくハロルドの執務室へと現れることができたのだ。

「諦めないわ」

ルシアが小さな声を零す。

アイリーンに話しかけているわけではないのだろう。

誰かに応えてもらうことなど期待していない独り言のような震えた呟きは、背筋をぴんと伸ばしてハロルドと対等に会話をしていた気の強そうな印象とは大きく異なる。

アイリーンよりも年下の少女の言葉に、冷たくて重い何かが胸の奥にずっしりと沈みこむ気がする。

「ずっとハロルド様と結婚すると思って生きてきたのよ。あの方の隣に立てるように、女には不要と言われた勉強もしてきたし、マナーも、美しさも磨いてきたわ。ハロルド様のあの冷たい視線がいつかわたくしに向けられることを、ずっと願って……」

ルシアは玄関の前に停められた馬車が見えた途端に、ぴたりと言葉を止めた。アイリーンを追い越す背筋はぴんと伸びていて弱々しさはなく、老齢《ろうれい》に差しかかっている男性従者の手を借りて馬車に乗り込んだ。

マリガン家の馬車が小さくなって見えなくなっても、アイリーンはそこから動くことができなかった。

◇　◇　◇

ぼんやりとした視界に突然金茶の髪がいっぱいに広がり、びくりと肩を震わせた。

「も、もう。驚かせないでよ、シンディー」

「あら、アイリーンがぼーっとしているのが悪いんじゃないの？　さっきからずっと声をかけているのにまったく気がつかないんだもの」

腰に手をあてて不満そうに唇を尖らせたシンディーが、アイリーンの顔を覗き込んでいる。声をかけられたことにも気がつかないほど、ぼうっとしていたらしい。アイリーンは眉を下げながら謝罪する。シンディーが最近ずっと心ここに在らずね、と首を傾げた。

できるだけ人前では考えないようにしていたつもりだが、さすがに同室の彼女には隠し通せなかったらしい。二人部屋の簡素なベッドに座り込んで小さく息を吐くと、アイリーンは「ねぇ」とシンディーを見上げた。

「婚約するとき、シンディーは不安とかなかったの？」

シンディーはアイリーン同様に遠くから働きに来ている。アイリーンと違うのは、生まれ育った町に婚約者がいることだ。

「不安？　不安って……たとえばどういうのかしら？」

「え、えっと……たとえ。……た、たとえば、相手の男の人に自分はふさわしくないんじゃないかな、とか」

質問の意図を誤魔化して、どうにか参考になるような回答を引き出せないかと悩む。しかしそんな芸当は自分には難しくすぐに諦《あきら》めた。

ハロルドに愛を告げられて以来、アイリーンの心を占めているのは「ハロルドに自分はふさわしくない」という一点だった。いくらハロルドに請われたとはいえ、それが命令でない限り応えるわけにはいかない。

そもそも身分違いなのだ。

アイリーンは平民でハロルドは辺境伯。

立場をわきまえるべきは自分だと理解している。

それなのに、ハロルドを前にしてしまうとそんな理性が霞んでしまう。

唇に触れたい。

触れてほしい。

抱き寄せてほしい。

ハロルドの体温を感じたい。

そんな浅ましい欲に飲み込まれて、気がつけばハロルドと口付けを交わしてしまっている。しかもハロルドから切り上げられるまで、口付けに溺れてしまう始末だ。

けれどルシアのことを思い出すと、浅ましい欲は霧散してしまう。

ルシアの意志のこもった瞳。丁寧に結い上げられた艶やかな金の髪と、手入れのされた白く細い指。

美しい、貴族のご令嬢。

アイリーンは自分の手を見下ろす。

ほっそりとした指は毎日の水仕事で荒れてしまい、ルシアと比較することすら恥ずかしい。栗色の髪をどんなに梳《くしけず》っても、あの輝く金糸になど遠く及ぶはずもない。

そして、あの会話だ。

アイリーンの世界は自分と身の回りの生活と、家族のことだけで成り立っている。

ハロルドとルシアはまったく違った。

彼らは貴族として治める領地と領民の生活のため、自分が何をすべきかを考え行動している。二人にとって公益を考えるのは当然のことなのだ。

いくら貴族としての義務があるからとはいえ、ハロルドもルシアも自分のことをまったく考えていないわけではないだろう。それはハロルドのあの燃えるような視線と、ルシアの細く震えた声が示している。

それに比べ、アイリーンは自分の気持ちと立場だけしか考えられなかった。身分の違いだけに留まらず、見えているものも考えていることも違いすぎる。

彼らと自分とではまったくの別世界で生きているのだと、痛感させられた。

アイリーンではハロルドと並び立つことはできない――。

「私が彼にふさわしくない？　……アイリーンがそんなことを聞いてくるなんて珍しいわね」

「あ、あの……ちょっとした好奇心なの」

ふうん、とシンディーは首を傾げた。

素直にありのまま相談したいけれど、ハロルドとの身分差がそれを思い留まらせる。疚しさと隠し事をしているという罪悪感にチクチクと心が痛んだ。

「私はふさわしくないなんて思ったことはないけれど、彼から言われたことならあるわ。私の家は、私の町ではそれなりに名の知れた商家なの。彼は仕入先である工房の職人さんの息子でね。私が好きになって告白をしたのだけど、そのときに言われたわ」

初めて聞く話だった。恋人がいること、結婚を考えていることは聞いていたが、馴れ初《なそ》めは聞いたことがなかった。

「それで、シンディーはどうしたの？」

「家を出たわ」

「えっ！」

「もちろんすぐに連れ戻されたけれど。でもふさわしくないなんて言われても、私にはどうにもできないもの。確かに私は少し裕福な家で育ったけど、それは私自身の価値とは何も関係がないわ。私は跡継ぎではないし、彼が負い目を感じる必要なんて何もないのよ」

「そ、それで家を出たの？」

シンディーはなんでもないことのように微笑みながら、頷く。

「言葉で伝えてもわかってくれなかったから、これはもう行動するしかないわって思ったの。一人で部屋を借りて、カフェのウェイトレスをして、そうして家と関係のない生活をすれば彼も私のことを見てくれるって」

「うまくいった？」

「どうかしら？　結果的にはという感じなのだけれど……。私、お父様に大切にされているから、さっきも言ったけれど連れ戻されてしまったのよ。それで初めてお父様と喧嘩《けんか》をしたら、私の知らないうちに『どうかシンディーと結婚してくれ』って彼に頼みに行っちゃってたわ」

ひどいわよね、とシンディーは笑う。

家のことで悩んでいる彼にしてみたら、シンディーの父親から直々に頼み込まれることはもはや強制に近いだろうと。

「お父様としては、私に一人暮らしをさせたくなかったみたいなの。家を出るときは、私が結婚をするときだって思い込みもあったみたい。だから私が彼のために家を出るなら、いっそのこと結婚してほしかったのね」

「シンディーのお父様は、彼が気にしていたようなことは気にしなかったの？」

「ふさわしくないっていうこと？　たぶん気にはしているわね。私には苦労させたくないってよく言っていたもの。こう言ってはよくないかもしれないけれど、彼は私の家に比べるとお金に余裕のあるほうではないし……」

「それでもシンディーは気にしない？」

アイリーンの問いに、シンディーは微笑んだ。

頬をほんのり赤く染めたシンディーは、それはそれは可愛らしくて、アイリーンの目から見ても眩しいほどだった。

「気にしないわ、だって彼のことが大好きだもの。彼も私やお父様がそんなに言うならって頷いてくれて……本当はね、自分に自信がなかっただけで私のことがずっと好きだったって言ってくれたわ」

「そう。それはよかったね、シンディー」

「ええ。でも私、お父様の心配ももっともだなって反省もしたのよ。実は一人で暮らそうとしたとき、自分があまりに世間知らずだったことに気がついたの。家ではお手伝いさんがいたから何もかもしてくれていたのだけど、彼と結婚したらそうもいかないでしょう？だから彼に父親である親方に一人前だと認められるまで結婚は待ってほしいって言われたときに、それなら私も今までみたいに甘えていられないって、改めてお父様と話し合って仕事を探したの。ここの働き口を見つけてくれたのは結局お父様だったけれどね。領主様のところなら安心だからって」

思い返してみれば、確かに働き始めた頃のシンディーは要領があまりよくなかった。アイリーンにとっては当たり前にできる家事だった掃除の基礎ですら、シンディーは何も知らなかったように思う。

結婚をしたら今度こそきちんと家を出て、彼と生活を築いていくらしい。二人で支え合って生きていくのだとシンディーが微笑む。

彼のことを話すときのシンディーはやはりとても幸せそうで、見ているだけでつられて笑んでしまうほどだ。シンディーが彼のことを本当に思っていることが伝わってくる。

同時に、アイリーンは自覚した。自分は夢を見ていたのだと。

こんな大きな城で働けて、働きぶりを評価してもらえて、そしてまさか主に想いを寄せてもらえるだなんて。田舎を出るときには考えもしなかった。

夢のような日々だったのだ。

しかし、夢はいつか覚めるものでもある。アイリーンにできることはその夢を胸に秘め、地道に生きていくことだけ。

ハロルドには捨ててはいけないものが多すぎる。アイリーンが彼の重責を共に背負うには足りないものが多すぎるのだと——そう理解できてしまったから。

アイリーンのやるべきことは、一つしかなかった。

◇　◇　◇

「田舎へ帰り、結婚いたします」

アイリーンはハロルドに深々と頭を下げた。

「それがアイリーンの答えか？」

「……はい」

顔を上げられないまま短く返答する。ハロルドの私室で二人きりという状況に、息が詰まりそうになったのは初めてだ。もう時間が遅いせいか、静けさも落ち着かない。

メイド長には先に願い出て、了承をもらっていた。アイリーンの代わりは誰にも務まらないと引き止めてもらえたのは、自分の仕事ぶりをそれだけ評価してもらえたようでとても嬉しかった。

けれど「私ももう二十歳です。これ以上ここでお世話になっていると結婚相手がいなくなってしまって、逆に家族に迷惑をかけることになってしまいますので」という言い訳に渋々ながら折れてくれた。

その言葉自体に嘘はない。

アイリーンの田舎では、二十歳という年齢は独身としては年嵩《としかさ》のほうに入る。子供がいても不思議ではない年なのだ。

アイリーン自身もまさかこんなにも長く、ここでお世話になるとは思っていなかった。日々の仕事はただ楽しく、メイド長やハロルドに評価してもらえることは、家族のためだけに生きてきたアイリーンにとって他では得がたい喜びになっていた。

「理由は？　それくらい聞いてもいいだろう」

「え……」

思ってもみなかった問いに、アイリーンは思わず顔を上げた。ソファーに深く腰掛けたハロルドは、相変わらずアイリーンをまっすぐに射抜く。

「あの、ですから……結婚を」

「結婚ならば俺とすればいい。親への金銭的な援助という意味では、俺ほど適任な男はいないだろう？　君の助けになるならば手間も金も惜しまん」

そういう問題ではないのだ。労働の対価以上の賃金を得たいと思ったことはない。

何よりハロルドがアイリーンに向けてくれる想いが舞い上がるほど嬉しくて、それだけで充分すぎるのだから。

ふいに立ち上がるハロルドに、アイリーンは無意識に後退《あとず》さった。ハロルドが一歩近づくごとに、アイリーンも自然と後退してしまう。それは限られた空間ではそう長くもない攻防で、アイリーンの背はすぐに壁へとついてしまった。

それ以上逃げることもできず、背の高いハロルドに見下ろされる。

ルシアの訪問以来、ハロルドとの接触は避けてきた。

執務室も私室も寝室の掃除も、そして浴室でのお世話も、ハロルドと二人きりになる可能性のある仕事は全て他の人に代わってもらっていた。

メイド長に理由を問われたが「他の人ももっとハロルド様の近くで仕事をして、認めてもらえる機会を作るべきだ」とたどたどしく伝えると、不承不承だが認めてくれた。

ハロルドと二人きりになってしまえば、自分の決意など蝋燭《ろうそく》の火のようにあっさりと吹き飛ばされてしまうことがわかっていたからだ。

久しぶりに近くで見る力強く燃える炎のような瞳に、くらりと目眩がする。

「近寄れば逃げるが、触れても避《よ》けはしないのだな」

ハロルドの大きな手が頬に触れた。

びくりと身体が揺れたが、それは彼が言う通り拒絶の意思にはほど遠い。

ゆっくりとハロルドの顔が近づいてくる。何をされるかわかっているのに、アイリーンは動くことができない。

「ハロルド様」

「静かに」

「……っ」

アイリーンは操られているかのように、ハロルドへ顔を向け目を閉じた。

柔らかく触れるハロルドの唇に背筋がぞくぞくと震え、差し込まれる熱い舌に自分の舌を教えられたように絡ませる。その温度はもう馴染《なじ》みすぎて、アイリーンの一部になったかのようだった。

頬に触れている大きな手のひらが嬉しくて、愛しくて、思わず手を重ねてしまった。

「口付ければ応えるが、想いには返してはくれないのだな。不慣れそうに装っているだけで、本当は弄んでいるのか？」

ハロルドは眉間に深い皺を刻み、顔を歪《ゆが》めて低く唸《うな》るような声で言う。

「そ……そんな、違いますっ」

「……すまない。君がそういう女性でないことはわかっている……八つ当たりだ」

ハロルドが重い吐息をこぼす。

いつも冷静で感情を見せない人なのに、今は傍目から見ても感情が荒れ狂っているのが

わかる。その姿にアイリーンの胸が罪悪感でずきりと痛んだ。

ハロルドを振り回すつもりなどない。

本当は毅然《きぜん》と関係を断ち切らなくてはならないということも、わかってはいるのだ。ただアイリーンの本心が邪魔をする。

彼に応えることはできないと理解しているのに、心の奥に封じ込めた想いが本当はずっと側にいさせてほしいと叫ぶのだ。

ハロルドの炎の色をした瞳に自分が映っているのが嬉しいと、その唇に触れられたいと、その胸に抱き寄せられたいと叫ぶ。彼を拒絶することなんてできない。

愚かしいほどにハロルドを求める感情を、どうすればいいのかわからなかった。

だが、己の欲望のままに振る舞うことはアイリーンの理性が許さなかった。様々な重責を背負うハロルドを支えるだけの教養もない自分が彼と共に在りたいと望むのは、アイリーンには我が儘《わがまま》としか思えない。

子供の頃から幼い弟妹のために我慢することが当然だったアイリーンには、どうしても我が儘を自分に許すことができないのだ。

ルシアならハロルドに与えられるものを、アイリーンは何一つ持っていない。

広い視野も、深い思慮も、教養も、もちろん生家の後ろ盾も。

「アイリーン、俺は君の心が知りたい」

ハロルドが親指でアイリーンの唇に触れた。

「……っ」

ぞくり、と肌が心の動きに反応する。

「君はどうして俺の唇を受け入れる？」

「それ……は」

アイリーンはハロルドを見上げながら言い淀む。高い位置から見下ろすハロルドの瞳に、またくらりと目眩がした。

「ハロルド様が……好き、だから」

ずっとずっと我慢していた言葉は、ついに耐えきれなくなったように唇からこぼれ落ちてしまった。

ハロルドの炎の色の瞳が瞠目《どうもく》した瞬間、アイリーンは自分が伝えてはならない言葉を口にしてしまったことを悟る。

——やってしまった。ついに言ってしまった。このまま何も伝えずにいなくなるつもりだったのに。

彼に惹かれる心は、もうアイリーン自身にすら止めることができなかった。

後悔と自責で俯《うつむ》くアイリーンの顎を、ハロルドの指が簡単に持ち上げた。

覆い被さるようにして唇が重ねられる。ハロルドに触れられる喜びと、我慢できずに気持ちを吐露《とろ》してしまった後悔とで心が落ち着かない。

「俺が好きだと言うのなら、なぜ他の男と結婚するなどという結論になる？」

心の奥底まで覗き込もうとするようなハロルドの視線に耐えられず、アイリーンは目を逸らしてしまう。

ハロルドはアイリーンが少しでも嫌がるそぶりを見せると、決してそれ以上のことはしなかった。だからこそ驕《おご》ってしまった。ハロルドはアイリーンの意志を尊重してくれるだろうと。するもしないも、ハロルドの気持ち一つのことであったはずなのに。

「アイリーン」

静かに名を呼ばれた。

低く落ち着いた声だが、アイリーンの心はどうしようもなく縛られる。逆らうことなどできない。おずおずと視線を戻すも、まっすぐに彼を見つめることができずにまた目を逸らしてしまった。

再度、名を呼ばれる。その声に強制の響きなどないのに、アイリーンは観念するしかない。静かにこちらを見つめる顔を、見上げた。

「……必ず帰ることが、私が働きに出るときの条件だったんです」

嘘ではない。

家族にも村の皆にも、帰ることを約束して出てきている。しかし今この場においてアイリーンの心を大きく占めているのは、そのような約束事ではなかった。

ハロルドはいつだってアイリーンに対して真摯なのに、そんな彼に正直に何も話さないまま消えようとする自身はなんて卑怯なのか。

好き、なのだ。

どうしようもできないほどハロルドが好きだ。

恐れていることを正直に伝えることができないほどに。

ハロルドを好きになればなるほど、嫌われたくはないという思いも大きくなっていく。

シンディーと彼女の恋人は、身分差を乗り越えることができた。シンディーは裕福な家の娘とはいえ平民である。財産の多寡《たか》はあれども、平民同士の恋だ。

だが領主であり辺境伯として国防を担うハロルドと、ただの使用人で田舎娘のアイリーンとでは身分差を乗り越えることなど到底できるはずもない。

彼との間に育まれた関係は、一時の甘美な夢でしかないときちんと理解している。

ハロルドをどんなに想っていようとも、平民でしかないアイリーンはルシアのように辺境伯である彼を支えることなどできはしないのだから。

二人の未来が寄り添うことはない。諦めるしかない。

必死にそう言い聞かせて、アイリーンはハロルドに不誠実であろうとも本音を胸の内にしまい込む決意を固めた。

「アイリーン……そこに君の気持ちはあるのか？　他人のために己を殺すなど」

強い視線に、眉間に寄せられた皺に、決意が揺らぎそうになる。

想いを言葉にする勇気はなく、雫《しずく》となって頬にこぼれ落ちた。

「……ごめん、なさい」

「これは何への謝罪で、そして何への涙だ？」

ハロルドの太い指が涙をすくう。言葉にできない想いが形になって溢れ出ていく。

「ごめんなさい、ハロルド様」

ただ謝罪を繰り返すアイリーンをそっとハロルドが抱き寄せる。

弱い自分に負けてしまいそうになる。

ハロルドの想いにただ素直に頷いてしまえたら、どんなに幸せなことだろう。その力強い腕と逞しい胸に、身近な微かな香りに、心がきゅうっと締めつけられる。

アイリーンを腕の中に閉じ込めるかのように抱き締めるハロルドが見たこともないほど

表情を昏《くら》く沈ませていたことなど、気がつくことができなかった。

◇◇◇

アイリーンは重厚な扉をノックしようとしたが、思わず手を止めてしまった。扉の向こうにハロルドが一人でいると思うと、どうしても身構えてしまう。ハロルドの想いを拒絶した日以来、アイリーンはできるだけ彼と会わないように気をつけていた。それをハロルドも察したようにアイリーンに用事を言いつけることは、ぱったりとなくなった。

他のメイドに頼んだ様子もなく、ただでさえ忙しい身だというのにどうやらハロルドは雑用を自分でやっているらしい。たまにメイド長が「言いつけてくだされば、私どもがいたしますのに」とこぼしている。

アイリーンは申し訳なさで胸が潰されそうになりながらも着々と辞める準備を進め、引き継ぎに意識を集中するようにしていた。

最近のハロルドは長く使われていなかった東の塔に手を入れていると聞く。家令やメイド長に任せずに直接大勢の職人に指示を出しているようだ。東の塔で何をしているのか使用人達は誰も知らされていない。

城を去る日まであと数日となった今夜、ハロルドに呼ばれた。

まるで想いを告げられたあの夜のように。

あのときはなんの躊躇《ちゅうちょ》もなく訪《おとな》うことができたのに、今は身体が鉛のように重い。

ハロルドへの想いは、苦しいほどに心に降り積もっている。

結ばれることが叶《かな》わなくても、せめて近くにいることができたら。

このままここに残りたいと何度思い、悩んだことか。

しかし、家族の元に帰るのだと無理やりに振り切る。

今まで家族を大事にして生きてきたし、これからもそれは変わることはない。

田舎に戻りハロルドではない誰かと結婚すれば、この胸の痛みもいつしか薄まるのだろう。ただそのときまでじっと耐えているしかないのだ、きっと。

アイリーンは大きな息を吐いて心を落ち着かせようと努力だけはしてみた。

両手をきゅっと握り締め、覚悟を決めて扉をノックする。すぐ応じる心地よい低い響きに、大きく胸が高鳴った。

「失礼いたします」

緊張した面持ちで部屋に入ってくるアイリーンを見て、ハロルドは僅かに唇の端を持ち上げた。

「やっと入ってきたか」

扉の前で逡巡《しゅんじゅん》していたことはお見通しだったようで、アイリーンは羞恥で頬が熱くなってしまう。ソファーに腰掛けているハロルドに「お待たせしてすみません」と頭を下げて、視線を合わせないように避けた。

ハロルドは目を通していた紙の束《たば》をテーブルに置いた。

軍を預かるという立場上、外へと出かけることの多いハロルドだが、領主としての責務もあるため書類仕事も少なくない。城の中にいるときの彼は、何かしらの書類を読んでいることが多い。

「遅くに呼びつけて、すまなかったな」

「いえ、そんな。ハロルド様こそ遅くまでご苦労様です」

夜はだいぶ更けている。城の中で今起きているのは、ハロルドとアイリーンの他には見張り番くらいではないだろうか。少なくとも同室のシンディーは先に眠っていることを確認してから、アイリーンは部屋を出ている。

ハロルドの対面に座るよう促される。メイドが主と同じ席に着くわけにはいかない。

何より、あの夜を再現してしまうような気がして固辞したが、ハロルドに視線で促されるとそれ以上の拒否はできなかった。

立ち上がったハロルドが茶器の準備をしようとしていると気づき、アイリーンは腰を浮かせたが、座っているように手で制される。

ソファーの座り心地が最高級でも、主に雑用をさせて使用人が座っているなど居心地が悪くて仕方がない。

「アイリーンが淹れてくれるものに比べると味は落ちるだろうが……勘弁してくれ」

「そんな……むしろ、畏れ多いです」

「君が飲んでくれなければ、これも捨てるだけだ。そのほうがよほどもったいないと思わないか？」

ハロルドは手際よく淹れた香茶を上等なティーカップに注ぎ、アイリーンの前に置いた。ここまでさせておいて、飲まないほうが礼を失する。

あの夜に飲んだ優しい香りの香茶とは違って、ほんの少し刺激を感じた。僅かに舌が痺れるような気がしたがそれも一瞬のことで、やはり素晴らしい爽《さわ》やかな香りが広がる。

「とっても美味しいです」

「何よりだ」

ハロルドはアイリーンの淹れるお茶をよく褒めてくれるが、彼のお茶を淹れる腕も素晴らしいものだと思う。香茶を飲み慣れているわけではないが、とにかく美味しいことだけは充分にわかる。はふ、と一息ついてまた一口味わう。

しばらく二人とも言葉を発しなかった。

ハロルドにじっと見つめられている気まずさに、何も言えなくなってしまう。居心地の悪さを誤魔化すように、アイリーンはティーカップに口をつけた。

ハロルドが口を開いたのは、アイリーンが香茶を飲み干してカップをソーサーに戻したときだった。

「君がここにいるのも、残り数日か」

「……はい」

「結婚すると言っていたが、相手はもう決まっているのか？」

喉は潤《うるお》っているはずなのに、それでもこくんと何かを飲み込んだ。

それがいったいなんだったのかは自分でもよくはわからない。

「いえ……。家業の手伝いをしようかと」

「そういえば聞いたことがなかったな。君の実家の家業は何だ？」

「家族総出で畑を耕しております」

「そうか。……それは大変だな」

オールドフィールド辺境伯家の領地は総じてあまり土地に恵まれていない。もっと南に位置しているマリガン伯爵家の領地であれば水も豊かで土も肥沃《ひよく》だが、オールドフィールド領は全体的に気温も低くほとんどの土地が痩《や》せている。

ハロルドがルシアに語っていたように、オールドフィールド領はマリガン領の作物によって支えられているのだ。

アイリーンの育った村ではどの家も畑を持っているし、細々ではあるがそこで取れる作物によって生活が成り立っている。裕福ではないし楽ではないが、日々暮らすことができている。家族だけではない、村全体で協力し合い助け合って生きているのだ。

町に比べると閉鎖的な面があるのは否めないが、それでもアイリーンが村を出るときには城で職を得ることができたことを皆が喜んで送り出してくれた。

そのようなことをつたない言葉で伝えると、ハロルドはゆっくりと頷いた。

「アイリーンは愛されていたのだな」

「若い人手は貴重ですから。特に私は女ですし」

「子を産むためか」

「はい」

働き手としての面もあるが、やはり若い娘に一番期待されるのは村の次世代を担う子供を産むことだ。快く送り出してくれたのも、家族愛の強いアイリーンなら村に必ず戻ってくるという見込みがあったからにすぎない。

村を出て二度と帰らない前提であったなら、村人の反応もまったく異なるものだったに違いない。村に残された家族への対応も。

やはり帰るしかないのだ。

きゅうっと手を握り締め、自分に言い聞かせた。

そうやって、ハロルドの側にいたいと叫ぶ心に負けまいとする。

「……やはり、面白くないな」

低く呟かれた言葉にはありありと不快感が滲んでいて、一瞬理解ができなかった。

冷静に淡々と、するべきことをする。感情が見えにくいせいで、冷たいと思われてしまう。その無骨さゆえに誤解を受けやすい人だが、ハロルドがここまであからさまに機嫌を損ねている様など、アイリーンは見たことがない。

「特に相手もおらず、ただ村のため道具のように子を成すために帰るというのか。俺を好きだと涙を流した君が」

視線で射抜かれることがあるならば、正に今だろうと思った。

鋭利な刃物のようなハロルドの瞳に、声も出ない。

静かに座っているだけなのに、ハロルドが纏う空気ががらりと変化していることだけは、肌が痛くなるほどに感じる。

ハロルドが相手だというのに、なぜか反射的に「逃げなければ」と思った。

ひどく背中が寒い。

胸の中に何かが急速に湧いてくる。それは不安や恐怖といったものだったが、自覚できるほどの余裕さえなく、その衝動のままにソファーから立ち上がる。

「私、もう失礼します」

「急に動かないほうがいい」

「……え、あ」

立ち上がった瞬間にくらりと目眩がした。

足から力が抜けてソファーへと身体が崩れ落ちてしまった。身体を支えることすらできず、急に訪れた激しい睡魔に視界が暗くなる。

「薬が回るぞ」

「な……に」

舌を動かすのも億劫になる。

意識が深いところへと引っ張られて抗うことすら許されない。

意志とは関係なく重くなる瞼が落ち切る前。

アイリーンはハロルドの燃える瞳がギラギラと輝き、口元には笑みを浮かべているのを確かに見た。まるで獲物を前にした肉食獣のようだと、そう思うと同時にアイリーンの意識は闇に飲み込まれていた。

第三章　凶行

ちりんと涼やかな音が響く。

音に導かれるように見上げると、胸が苦しくなるほどに好きな人の顔があった。彼の表情は硬く、どこか怖い。

頭痛はずっと続いていて、何かを考えることも億劫なほどだ。ハロルドに促されるままに小瓶に入った苦い液体を飲み干し、グラスに注いでくれた果実水で喉を潤した。

頭がひどく痛む。見慣れない天井に違和感を覚えつつも、寝起きのせいか頭に霞がかっているようで思考がまとまらない。

いったい今は何時ごろなのだろうか。窓から差し込む陽射しから、夜ではないということくらいしかわかない。

石造りの部屋はさほど広くないが、寝具とサイドテーブルのみという最低限の家具しか置いていないため、がらんとしていて狭《せま》さも感じない。オールドフィールド城に勤めて五年経つが、このような殺風景な部屋などあっただろうか。

また、ちりんと音がする。

覆い被さるようにベッドに押し倒されたアイリーンは、彼を見上げることしかできない。

「睡眠薬を多く飲ませすぎたようだな」

「……ハロルド、様？」

「この東の塔が今日からのアイリーンの住処だ。必要な物があれば言ってくれ。俺が用意できるものならば、なんでも揃えよう」

ハロルドの低く硬質な声がそうアイリーンに告げた。

「俺はアイリーンを逃がさない。君が知らない男と結婚すると言うのなら、この城に閉じ込めるまでだ」

ハロルドの血のような赤い瞳が、狂気を孕み燃え上がる。

アイリーンはびくりと身体を震わせた。

「この塔から出ることは許さない。君が勝手に逃げ出そうとしたり、万一自らの命を絶とうとしたときには、この城の使用人の半数を手にかけるから、そのつもりで」

ハロルドは決定事項を伝えているだけでしかないのか、淡々と言葉を重ねていく。

「心優しいアイリーン。君は自分のために幾人も犠牲にしたくはないだろう？」

使用人の命を奪うなど、ハロルドがするはずがない。冷徹だが、決して非情な人ではないのだから。

「君は昨夜、急に故郷へ帰らなくてはならなくなったと、城の皆には知らせる。君の家族には、家に帰る途中で乗った乗合馬車が賊に襲われたと伝えよう。安心していい。オールドフィールド城から帰る道での痛ましい事故だ、家族にはたっぷりと見舞金を渡す。君をもらい受ける金額だと思えば安いものだろう」

ハロルドが異国の言葉で話しているかのように感じる。

話している内容を理解できない。

「アイリーン、愛していると言っただろう？　君を探す者など現れない。君はもう俺の、俺だけのものだ。他の男と結婚などさせないし、もう二度と君の目に他の男が映ることも許さない」

昏い瞳をしたこの男性は誰なのだろう？　アイリーンが知っているハロルドは、薬を使って人の意思を踏みにじるようなことはしないはずだ。

だが自分の置かれた状況が、そう思うことさえ裏切る。

喉を震わせると、またちりんと音がした。

先ほどから響く音の出処に気づき、アイリーンは首に手を当てる。まさかという思いで、ハロルドに視線を向けた。

「……これ」

「鈴つきの首輪だ。よく似合っているな、アイリーン」

アイリーンの細い首に、硬い革製の輪が一周していた。

大きさには余裕があり苦しくはないが、触れるたびにちりんちりんと音がした。

まるで、飼《か》われている猫のようだ。

「君はこれから俺に飼われるんだ、アイリーン。ペットには首輪が必要だろう？」

「ハロルド様、何を……言って……」

無骨な大きい手でアイリーンの頬を撫でる。まるで壊れ物を扱うかのように優しげに。

「誠意を示しても、どんなに言葉を尽くしても、君が俺から離れようとするのならば、もう遠慮はしない。君が素直に俺のものになるのならば、こんなことはしなかったのに」

「……あっ」

いつの間にか濃紺のメイド服ではなく、肌触りがよく一目で高価なものとわかる白いワンピースに着替えさせられていた。

誰に着替えさせられたのかなど、気にしている余裕はなかった。

ハロルドがアイリーンの頬に触れている手はそのままに、ワンピースの裾からもう片方の手を入れて素足に触れたからだ。その手は膝から太ももへとたどっていく。

「何を悩んでいたのかは知らんが、全て忘れていい。ペットには不要なものだ。主である俺に応えるだけで、それだけでいい」

「だめっ……や、だめです、ハロルド様っ」

慌ててハロルドの手を摑んでやめさせようとしたが、軍人として鍛えている彼に力で敵うわけがない。アイリーンの制止などあってないかのように、ハロルドの太い指は容易く脚の付け根にたどり着いてしまった。

ふに……と太い指が秘部の布地を躊躇《ためら》いなく押した。

びくりと身体が強張る。アイリーンに経験はないが、早熟な友人から様々な話を聞かされているせいで無知ではない。これから自分が何をされるのか、わかる。怯んで身体が震えてしまう。

ハロルドと一つになれたらと想像したことはある。

思い描いていたハロルドはいつだって優しく、アイリーンを気遣ってくれた。

しかし今はアイリーンの言葉を聞き入れる気がなく、強引に身体を暴こうとしている。

これは悪い夢だと思いたくても、秘部を布越しに触れてくるハロルドの指がそうさせてくれない。

「いや……こんな、の。いやです」

「怯えずとも、なるべく痛みはないようにしてやる」

そんなことを心配しているのではない。そう伝えるより先に、ハロルドは二人の間に隙間など作りたくないと言わんばかりに身体を密着させて、アイリーンの唇を塞いだ。驚いて「あ…」と小さく声を上げると、彼の舌が口内に侵入してくる。

「ん……んっ」

ハロルドの肩を押し返そうとしていた手が、縋るように上質な服を握り締めていた。

久しぶりの口付けは恐怖を薄れさせ、本当はハロルドをずっと求めていたのだということをアイリーンに突きつける。絡まる舌の熱さに翻弄《ほんろう》されて、思考が溶かされてしまう。

アイリーンは唾液を嚥下し、ハロルドの舌の動きに夢中になった。

「ハロルル、ド……さまぁ」

甘えて縋るように名を呼ぶアイリーンに応じるように、ハロルドは何度も唇を重ねてくれる。小さな音を立てて唇を解放され、アイリーンはうっすらと瞳を開いた。ハロルドの口元に小さな笑みが浮かんでいるのを見て、釣られて微笑む。

ああ、好き。

好きだ、という想いが全身を支配した。

ハロルドと並び立つのにふさわしいルシアのような貴族の令嬢として生まれてきていれば……と何度思ったことだろう。身分差さえなければハロルドの気持ちに素直に応えることができるのに、と。

身分差に怯《ひる》んで離れようとした。

けれど、忘れようとして忘れられない。好きという気持ちは消えてはくれない。愚かにも同じことばかり繰り返している。

愛しい人に触れたくて、手を伸ばした。アイリーンの指先が届く前に、彼は下肢のほうへ移動してしまう。その動きを目で追って、ワンピースの裾がお腹の上まで捲れ上がっているることに気がついた。そして下着が――アイリーンの秘密の場所を守っているはずの布地が取り払われてしまっていることにも。

「……っ！」

ハロルドはアイリーンの腰の下に膝を入れて身体を持ち上げ、脚を大きく広げさせた。

「いやっ……！」

陽射しが差し込む明るい室内で、ハロルドの目の前にそこが晒《さら》されていた。

アイリーンは広げられた脚を閉じようとするが、脚の間にハロルドがいるせいでままならない。それどころか自分の膝が肩につく体勢にアイリーンはされてしまう。

「固く閉じているな。確かに経験はないようだ、とても美しい」

感嘆《かんたん》するような声で呟き、誰の目にも触れさせたことのない花弁にハロルドは口付けを落とした。

「あ……、あぁっ」

まさか、ハロルドがこんなことをするなんて——。

震える手でハロルドの肩を押し返そうとするが、びくともしない。

村の早熟な友達も、彼との未来を計画するシンディーも、恋する彼女たちは皆とても幸せそうに頬を染めていたのに、なぜ自分はこんなに震えて怯えているのだろう。

涙が頬を滑り落ちる。

「いや……いやです、ハロルド様。こんなの、こんな……っ」

「残念ながら、俺は君の拒絶に耳を貸すことをやめたんだよ、アイリーン」

「そん、な……あ、いやぁっ」

ハロルドの舌がアイリーンの花弁を掻き分ける。ぬるりとした熱いものが、花弁の奥へと入り込んだ。そんな場所を舌で触れられる羞恥に思考が掻き乱される。

身体を捻ろうとしても、押さえつけられているせいで叶わない。

くちゅくちゅと舌で中を探られ、花芽を指で弾《はじ》かれる。甘い痺《しび》れが身体の中を駆け抜けて背が反《そ》り、びくんと、開かされている脚が痙攣《けいれん》した。

「な、に……っ？　や、やぁっ」

浴室で胸に触れられたときと同じだと、回らない頭で思う。

自分の知らない感覚がどんどん溜まっていく。自分ではままならない身体の反応と未知の感覚に覚えるのは、快楽ではなく恐怖のほうが強い。

「やめ、て……くださっ、ひゃぅっ」

指で花芽を押し潰され、また甘い痺れが身体を走り抜ける。

舌で与えられる淫靡《いんび》な感覚に翻弄されながらも、アイリーンは脚の間にあるハロルドの頭を押し返そうとする。けれど、やはりびくともしない。くしゃりと彼の髪を掻き混ぜると、ハロルドはやっとそこから離れてくれた。

そこから舌が出るときの、ぬるりとした感触にまで敏感に反応して、脚が震える。辛い体勢から解放され、アイリーンは小さく息を吐いた。舌で淫《みだ》らに責め立てられた身体は力を入れることさえできない。

「アイリーン」

ハロルドの瞳は燃えるようにギラギラとしており、まるで獲物を狙う獣のようだ。対してアイリーンは涙に濡れた瞳を頼りなさげに揺らしていて、その図は捕食者と狙われた哀れな小動物だった。

ふいにハロルドが視線を外した。アイリーンは釣られて、その行き先をたどる。

ベッドのサイドテーブルにはたっぷりと中身が入った水差しに、ピンク色をした小瓶と茶色い小瓶がいくつか並んでいた。中身が空になっている透明な小瓶やグラスは先ほどアイリーンが口をつけたものだろう。

ハロルドは茶色い小瓶を指差した。

「あれは避妊薬だ。アイリーンが邪魔をせずにいられたら、挿入前には飲ませてやろう」

アイリーンはハロルドの顔を見上げ瞬きをした。

言われた内容が理解できない。

避妊薬自体は知っている。村で出回っていた避妊薬はもっと大きな容器に入っていた気もするが、何せ必要になったことがないため、詳細はわからない。

避妊薬。頭の中で繰り返す。ハロルドがそれを必要とする行為を本当にするつもりなのだということに考えが至り、紅潮していた肌から一気に血の気が引いた。

そんなアイリーンを見下ろしながら、ハロルドは薄く微笑《びしょう》を浮かべる。

「アイリーン、愛している。君がこの城に残り俺と結婚すると言うならば、今日のことは全て謝罪しよう。もちろん、結婚したら君を抱きたいと思うが、アイリーンの気持ちが追いつくまでいつまでも待つつもりだ」

愛しているという言葉にアイリーンは涙を零した。ハロルドの気持ちは嬉しいのに、頷くことはできない。どんなに彼に請われても一緒にいることを選べない。

今この状況を回避するために口先だけの承諾ができるほど、アイリーンは器用ではない。何よりハロルドに嘘をつきたくはなかった。

アイリーンにできるのは、首を横に振ることだけだ。

ハロルドは静かな拒絶に悲痛な表情を浮かべ、短剣を取り出した。

「ならば仕方がないな。どうしても俺を受け入れられないなら、俺を殺せ」

「……え」

ハロルドは短剣を鞘《さや》から抜き、柄をアイリーンに握りこませた。煌《きら》めく切っ先をピタリとハロルドの胸に向けさせる。

彼が何をさせようとしているのかわからず、アイリーンが短剣から手を離そうと力を緩めると、ハロルドが上からぐっと握った。

「ここを刺せば俺を殺すことができる」

「そんな、そんなこと……」

ハロルドを刺し貫くことなどできるはずがない。

彼が領主であるとか、人の命を奪うことの是非が問題なのではない。

ハロルドのことが、好きだから。彼を欠片《かけら》も傷つけたくない。ただそれだけだ。

「できなければ、君が泣くことになるだけだ。すまないな、俺は泣かせてでも君のことが欲しい」

「……ひぅっ」

喉から小さな悲鳴が漏れた。ハロルドのもう片方の手が、先ほどまで舌で舐《ねぶ》っていた箇所に触れたせいだ。

いま自分が何をされようとしているのか。それも理解している。受け入れたわけではない。嫌だと思っている。

こんな行為を強いられていてでさえ、ハロルドへの恋心が冷めることもない。

アイリーンの心はハロルドに求められる、その一点だけを喜んでしまう。

「短剣を落とすと君の綺麗な肌に傷がつく」

「んっ……あ、んんっ」

手の中から硬い感触が消えるのと、アイリーンの秘部に指がぐうっと侵入したのはほぼ同時だった。手を伸ばせば届く枕元に短剣が置かれたが、頭のほとんどは差し込まれたハロルドの指に占《し》められてしまっていた。

先ほどまで舐められていたせいか、それとも別のものもあったのか、初めて異物を挿入されたわりには抵抗が少ない。ただ狭くきつい中を力づくで分け入られる恐怖心に身体が硬くなる。

「力を抜け、アイリーン。中を解すだけだ」

アイリーンの頬に新たな雫が滑り落ちる。

「や……っ、むりっ！　やぁっ……ぬい、てぇっ」

「駄目だ。慣らしておかないと辛いのは君だぞ、アイリーン」

ハロルドはアイリーンの懇願に耳を貸すことなく指を動かし、まるで内側を探るようにぐるりと円を描いた。

「ぃやぁっ」

アイリーンは身体を捻りながら、ハロルドのその手首に思わず触れる。

ハロルドがぴくりと眉間に皺を刻んだ。

「邪魔をしないようにと忠告したはずだ、アイリーン。あまり聞き分けがないようだと、このまま君の中にたっぷりと俺の精を放出して、孕ませるぞ」

「……ひっ」

「君もまだ俺の子を産む決意はできないだろう？　しばらくは避妊薬を飲ませてやるつもりだがあまり邪魔をするなら、俺もなけなしの配慮を捨てる。元より逃がすつもりもないが、俺の子をこの腹に孕めば君も諦めるだろうしな」

「い、や……、そんな……どうして、こんなの」

ハロルドは己の手首からゆっくりとアイリーンの指を外した。

「他の男と結婚させるつもりなどないと言っただろう？　君の育った村について詳しいわけではないが、想像はつく。他の男との経験がある未婚の女性を受け入れる家はない。ここで強引にでも俺のものにしてしまえば、君がどんなに願おうとも『田舎に帰って結婚をする』ことはできなくなるというわけだ」

愛おしそうに静かに、ハロルドはアイリーンの薄い腹に口付けを落とす。

ハロルドの言うことに間違いはない。

アイリーンの友達には早熟な子も少なくなかったが、どの子達も全ては両家公認の付き合いをし、正式な婚約とまではいかずとも結婚の約束をしている子ばかりだった。狭い村の中でのこと、そうでなければ身体の関係は持たない。

アイリーンが村を出て驚いたことの一つに、街での男女関係がもっとずっと自由であることだった。結婚の約束などしなくても身体の関係を持つと聞き、自分の知っている常識とはずいぶん違うのだと目を丸くした。

だが出身の村ではそうはいかない。アイリーンが他の男と通じたと広まれば、どこの家からも敬遠されるだろう。もし黙っていてあとから知られるようなことがあれば、責められるのはアイリーンだけではない。家族もだ。

女性は貞淑《ていしゅく》たれと言われるのは珍しいことではないし、アイリーンの村だけというわけでもない。ただ田舎には、そういう考えが強く残っている。

「諦めろ、アイリーン」

「……あうっ、ひ、やぁ！」

話している間も止めることなく、秘部の中で動かされていた指がもう一本増えた。

強引に身体の内側が開かれるのがわかる。がちがちに力の入った足が無駄に宙を蹴る。

ゆっくりと二本の指が遠慮もなく中を動き回る。何かを探るように擦ったりノックするようにしているが、先ほど感じた一瞬の熱は消え去り背中は冷えていくばかりだ。

つまり彼はアイリーンが自分の希望を押し通すのならば、ハロルドを殺すしかないと言っているのだ。そうでなければ帰る場所すら奪うと。

ハロルドはどうして自分なんかをこうも求めてくれるのか。

アイリーンが彼の命を奪うことなどするはずがない、できるはずがないのだと見越して短剣などを渡したのだろうか。

全てはハロルドのきまぐれで、ただのメイドが貴族である己を拒絶するのが許せなくて……？　違う、と即座に否定する。

そんな人ではない。アイリーンを見つめるハロルドの表情は、言うことを聞かないメイドへの腹いせなんかでは決してない。

ひたすらに求めて欲して、熱く燃え滾《たぎ》る狂おしいほどの感情が、彼の静かな口調の裏に渦巻《うずま》いている。

「んっ、ふぅ……やぁっ」

ハロルドの指の動きに翻弄される。

彼を無理にでも止めようとすれば、避妊薬を飲ませてもらうこともできずに、身体の関係を持つことになるだろう。……そのあとのことは、考えることすらしたくはない。

「これくらいで大丈夫か」

ハロルドは小さく呟くと、ベッドサイドに手を伸ばした。

指の動きが止まったことでほんの少し呼吸が楽になり、アイリーンはぼんやりとその動作を目で追う。何本も並んだピンク色の小瓶のうちの一本にハロルドは手を伸ばした。

ピンク色の小瓶が一番多く置かれているが、いったいなんなのだろうか。

ハロルドは片手の指だけで器用に小瓶の蓋《ふた》を開けた。

「これは媚薬《びやく》だ。少し冷たいだろうが、すぐに馴染む」

「……び、やく？」

耳慣れない単語をアイリーンは繰り返した。

快楽を増幅させる薬があると、噂話で聞いたことがある。効果は高いが値段も高く、平民がお目にかかることなど一生ないはずのものだ。ピンク色の小瓶は、その媚薬らしい。

その小瓶の口を秘部に充てられたうえに、冷たい感触に身体がふるりと震えた。入れられたままの二本の指が中を広げるように動き、傾けられた瓶からとろりとした液体が指を伝って流れ落ちていく。

「ハロル、ド様……？　ん、つめた……っ」

「最初だけだ、我慢してくれ」

「……や、め……っ」

今まで意識もしていなかった場所を広げられ、流し込まれる液体の感覚に違和感を覚え、恐怖がアイリーンの心に広がっていく。

恐れに身体を強張らせている間に、彼はアイリーンの腰に手を添えて少し浮かせると蹲躊なく瓶の中身を全て胎内《たいない》に注ぎきった。

「経口摂取《けいこうせっしゅ》でも問題はないが、こちらに直接注いだほうがより効果が高くて早い。身体に害はないから心配しなくていい」

注がれた液体は胎内で急速に同化し始めているように感じる。

このまま放っておいていいのだろうか。胎内から出さなければとんでもないことになるのではないのかと思うのに何もできない。

ハロルドに邪魔をするなと命じられたというのもあるが、自分の身に起きていることがあまりに突飛なことの連続で理解の限界を越え身動きができない。

現実感がない。恐怖と不安だけが増幅されていく。

不安に揺れるアイリーンの視線を受け、ハロルドは口元に笑みを浮かべた。状況を忘れてアイリーンも微笑む——ただ向けられたものを反射的に返すように。

「服が邪魔だな」

「え……あ、きゃあっ」

お腹まで捲られていた白いワンピースを一気に脱がされた。

頭からワンピースを引き抜くときに、ちりんという涼やかな音が響く。

ワンピースを奪われてしまうとアイリーンの白い肌は全てハロルドの面前に晒されてし

まった。

大きな曲線を描く二つの膨らみの頂に色づく場所も、薄い腹も、柔らかな太ももも、そしてハロルドの指によって広げられ液体を注がれたそこも。

常に隙のないメイド服に守られていた何もかもが無防備に、だ。

遠のきかけていたアイリーンの意識が現実に戻るには充分な衝撃だった。

燃えるようなハロルドの視線が上からゆっくりと肌をなぞるように下がっていき、そしてまたゆっくりと上がる。

「や……、いやぁ！　見ないでっ、いやぁハロルド様！　みないでぇっ」

アイリーンは身体を隠そうとしたが、腕に引っかかっているワンピースが邪魔をしてうまくいかない。ハロルドは瞳を潤ませたアイリーンにまた微笑みかける。その笑みはまるで肉食獣のようだった。

「美しいな、アイリーン。全て俺のものだ。もう遠慮はしない」

ハロルドはボタンを引きちぎるような勢いで上着とシャツを脱ぐと、もどかしげに丸めてベッドの下に放り投げた。鍛えられて逞しい筋肉と健康的に日に焼けた肌が現れる。

浴室でのお世話で何度も目にしているのに、今はその肌がどうしてか恐ろしく感じてしまう。アイリーンが小さく身体を震わせると、首元の鈴が微かな音を立てる。

「あっ、やあっ」

仰向《あおむ》けに寝転んでなおその重量感を失わない大きな胸を、ハロルドの大きな手がすくい上げるように包んで揉《も》みしだき、その頂点を指で摘まみ上げられた。

柔らかな肌にハロルドが吸いつき、アイリーンは「んっ」と小さな声を零してしまう。チクリとした痛みを肌に感じると、唇が離れたそこは赤く華が咲いたようになっていた。キスマークだった。

こっそりと友達に見せてもらったことがある。そのときは、あまりに生々しい情事の証拠に驚き、すぐに目を逸らしてしまったが。

愛の営みによってつけられる痕だと思っていたが、アイリーンの肌に刻まれたのはハロルドの所有物である証だとしか思えなかった。

アイリーンは必死に身体を捻って逃げようとするが、ワンピースに腕が自由を阻まれているうえに、ハロルドに圧しかかられているためうまくいかない。小さな抵抗などまったく意味をなさず、ハロルドにいくつか痕《あと》をくっきりと白い肌に刻まれた。

その間も指で刺激を与えられ続けた胸のピンク色の頂はぷっくりと膨れて硬くなり、それにハロルドがつつぅと舌を這わせた。

「……や、めっ」

制止の声を上げたときには、片方の頂をぱっくりと咥えられていた。熱い口内に敏感なところが包まれて肌が粟立《あわだ》つ。柔らかく歯を立てられ、ちゅうっと吸われ、高い声が漏れてしまう。なぜか指で広げられていた秘部まで、びくんと痙攣した。

「や……っ、まって、おねが……っ」

アイリーンの悲鳴のような制止に、ハロルドはちらりと視線を向けたがやめることはなかった。胸の頂をねっとりと舌で嬲られ、反対の胸も彼の指が絶妙な強さで刺激をしてくる。彼が頂を舐めるたびにぴちゃりと淫らな音が響き、耳からも掻き乱されてしまう。

「あ……っ、ふ、んんっ」

鼻から抜けるような甘い声が上がる。

ハロルドから与えられる刺激に、ぞくぞくと身体の芯が震えて止めることができない。身体の震えに合わせて、ちりんちりんと鳴る鈴の音が追い討ちをかけてくる。

身体の反応に心がついていかない。

あそこが熱い。媚薬を入れられたときは冷たさを感じていたそこが、今は明確に熱を持っている。身体の奥から何かが溢れてこぼれてしまいそうな気がして、それもアイリーンを精神的に追い込んでいく。

逃がすことができない熱が溜まっていくことに、ただただ身悶える。

ハロルドが顔を上げたときには両胸は唾液に塗れ、窓から射し込む光を艶やかに反射し、熟れた果実のように色濃く尖りきってしまっていた。

刺激が止んだことで、ふっと身体の力が抜ける。その瞬間を狙ったかのように、ハロルドは濡れそぼった泉に指を差し挿れた。ぐぷりという音とともに、太い指が飲み込まされた衝撃に背筋が反り返った。

「いい具合に薬が馴染んできたな」

「あっ……あぁ！　い、や！　や、動かさな……っ」

「俺のものを飲み込めるくらいには解《ほぐ》す必要がある」

「ふぁ、ああ……ん、んんっ」

彼の指が中で動くたび、甘やかで淫靡な刺激がビリビリと駆け抜けていく。それだけでも辛いのにハロルドはまた胸をぱっくりと咥《くわ》えて、硬い先端を甘噛《あまが》みしながら舌で転がした。

宙を足で蹴りながら、ただ啼《な》くことしかできない。

涙をこぼしながら甘い声を上げ、翻弄されるばかりだ。

ハロルドの指がアイリーンの胎内である一点を掠めた瞬間、甘い喘ぎが悲鳴のような短い音に変わる。その反応にハロルドが薄く笑む。

「ひぁ！　あああっ、そ、こ……っ！　や、やぁぁ！　こわ、こわい……っ！　ひぅ、あ、ハロルドさま！　ああっ、ハロルドさまぁぁっ」

「怖がるな。力を抜いて、俺に任せるだけでいい」

「やっ、ハロ……ルド、さまぁっ」

強すぎる快感に恐怖が募るが、無意識に逃げようとする身体をハロルドに押さえつけられ、結局は与えられる快楽にただ震えることしかできない。

経験したことのない嵐が身の内に吹き荒れる。

ハロルドが親指でアイリーンの入り口の上にある花芽を撫でた瞬間、呼吸が詰まり、ぎゅうっと全身に力が入る。

「あああっ、あぁー！」

ハロルドの指を挿れられた箇所から、焼けつくような熱が広がり収縮する。きゅううっと彼の指を締めつけて、淫靡な痺れが身体を駆け巡っていった。

「うまく達することができたようだな」

アイリーンを見下ろし、ハロルドは目を細めた。

「はっ……ふ、はぁっ」

「ここ、か」

息が乱れて胸が大きく上下する。

今の感覚が達するということだと知り、アイリーンは羞恥に涙を零した。

たとえ合意の上でなくとも、薬の影響による強制的に感じさせられたものであろうとも、自分の身体が快楽を享受したことを突きつけられたのだ。

「……ぁ」

何か言おうと口を開いたものの、漏れ出たのは意味をなさない嬌声《きょうせい》。まだ達した動揺が治まっていないのに、ハロルドが胎内の指を動かしたのだ。

「い……っ、やぁ！　ま、ってぇ……あぁっ」

「もう少し慣れておいたほうがいい」

熱はあれども、観察しているような、どこか冷静な声が落ちてくる。

何に慣れるためなのかを問うことすらできず、身体を震わせて鈴を鳴らしてしまう。

未だ狭く柔らかいとは言い難いアイリーンの内部に、ハロルドは三本目の指を挿入した。

指の本数が増えたことで圧迫感が増し、中がぎちぎちに広げられていくのがわかる。感じるのは苦しさだけではなく、いま身体に教え込まれたばかりの快感なのだと、ろくに働かない頭で認識する。

ハロルドの指はアイリーンの秘部から溢れている液体を混ぜるようにして、ぐちゅぐちゅと音を立てながら中で蠢《うごめ》く。先ほど強制的に高められた場所はわざと触れずに、その周辺を掠めるように指を動かす。強烈な刺激に身体を支配されることがないかわりに、じわじわと追い詰められていくのがわかってしまう。

何もかもわからなくなるほど意識を奪うくらいに強引にしてくれれば、心が引き裂かれるほどの苦しさを感じずにすむだろう。けれど、誰に何をされているのか、アイリーンがどう反応しているのかを自覚させようとしてか、ハロルドは強い刺激を与えてくれない。

こんなにも身体を蹂躙《じゅうりん》されているのに、ハロルドがきまぐれのように口付けてくれるたびにアイリーンの胸は高鳴る。

三本の指で中を弄られ、指で入り口の粒に刺激を与えられているうちに、いつしかアイリーンはハロルドの望むままに達するようになっていた。媚薬のせいか、どれだけ達しようともアイリーンの中は悦《よろこ》んで刺激を受け入れる。それどころか回数を重ねるたびにその感覚は強まり、貪欲に求めるように腰が揺れてしまう。

アイリーンの心を置いてきぼりにして――。

「そろそろいいか」

ぽつりと呟かれたハロルドの一言に、アイリーンは快楽に濡れた視線を上げる。

ハロルドはぐるりと中を掻き回して指を抜く。達したばかりの身体がまた震えた。吐き出す息は熱い。

抜いてほしいと、やめてほしいと何度懇願しても一向に聞き入れてもらえなかったというのに、突然止《や》んだ愛撫《あいぶ》にぽっかりと空《あ》いた空洞《くうどう》がまるで物足りないとでもいうかのように収縮している。

ハロルドはくったりと力の抜けたアイリーンの足を持ち上げる。分厚く硬い彼の肩に足を乗せられ、何をするつもりなのかわからずアイリーンは目を瞬かせた。

そんなアイリーンを見つめながら、ハロルドは下肢を寛げた。

「……っ」

視界に入った今までに目にしたことのないものに、喉の奥が掠れた悲鳴を上げる。

ハロルドの湯の世話のとき下肢にはタオルが巻かれていたため、直に見るのは初めてだ。太くて長くて赤黒く、血管の浮き出たそれはひどく凶暴そうに見える。達かされただけで終わりではないと、言葉よりも雄弁に悟らされた。

今からこの凶暴なものを自身に挿《い》れられるのだ——と。

「や……や、むり……そん、なの」

「そのために慣らしたのだから問題ない。しかしそうだな……薬も足しておくか」

「っや、いやぁ！」

ハロルドはまたピンク色の小瓶を手に取ると、一切の躊躇いもなく瓶の口をアイリーンの秘部に押し込み、腰を高く持ち上げて中身を注ぎ込む。さんざん嬲られて変えられてしまった身体は、そんな行為さえ快感だと受け取り、気持ちよくなってしまう。

「……それ、そんな……ぁあっ」

アイリーンは抗うこともできず、空になった瓶を抜かれた瞬間、小さく悲鳴を上げて快楽を拾ってしまう。

全てこの媚薬のせいだ。それなのに、さらに追加され身体の感覚は敏感になっていく一方だ。自分の意思で抑え込むことさえできない。もうアイリーンに自由はなかった。

「力を抜いておけ。君の中を不用意に傷つけたくはない」

ハロルドはアイリーンの腕に絡まっていた白いワンピースを手に取ると、枕元に置いていた短剣で引き裂いた。残骸《ざんがい》となったワンピースは見る影もなく床に落とされる。

自由になった細く白い指先にハロルドは口付けた。

「アイリーン、愛している」

「……ハロルド様はひどい、です」

「……そうだな。それでも君を愛しているんだ」

アイリーンが涙ながらにぽつりと零した一言に、ハロルドは微かな苦笑で応えた。

やっぱりひどい、と思う。

彼が求めているのは身体だけだと思わせてくれたなら、ハロルドに幻滅《げんめつ》することができたのに。

「もうやめてください……。こんなことされても、私の意思は変わりません。田舎に戻ることができなくても、それでもここにはいられません」

ハロルドも貴族であり領主である以上、その血を繋いでいくことは彼の責務の一つ。平民であるアイリーンではその相手は務まらない。

このまま側にいれば、アイリーン以外の女性を妻に娶《めと》るハロルドの姿を近くで見ることになるだろう。そんなことに耐えられるとは思えない。

今ここでハロルドの凶器でどう蹂躙されようとも、結果に大差はない。

結局は彼から離れるしかないのだ。

結婚もせずに純潔を失って村に戻れば、ふしだらな女として軽蔑されることになる。どこか遠くの町に行くしかない。誰も知らない町で、一人で生きていこう。

「君は俺の言ったことを、まったく理解していないな。そんな愚かしいところも愛おしく感じるが」

ハロルドは口元だけで笑むと、革製の首輪につけられた鈴を指で弾いて鳴らした。

彼は肩に乗せていたアイリーンの足を摑んだまま、覆い被《かぶ》さってきた。身体が二つ折りにされるように膝と肩をつけられ、アイリーンの熱く濡れそぼった秘部に、ぴったりとハロルドの剛直が宛てがわれた。

身体の震えに同調するように鈴がちりんちりんと鳴る。

「や……っ」

ハロルドと離れる決意は変わらないが、怯えてしまう心はどうにもできない。こんな強引に純潔を奪われる覚悟などできていないのだから。

ハロルドが腰を進めてくる。指とは比較にならない体積に、秘部がぐっと押し広げられる感覚にアイリーンの濡れた目が丸くなった。貫かれる恐怖と触れ合うところから広がる熱に息が詰まる。

「いやぁ！　入れ、ないで！　く……くすりっ、ひにんやくは……飲ませてくれるって……！」

ハロルドの身体を押し返そうとしたが、びくともしない。ならばとサイドテーブルに伸ばした手は捕らえられ、シーツへと縫い止められてしまった。

「君がどうしても出ていくというのならば、縛るにはこれがいい一番だろう？　逃がすつもりもないが、閉じ込めるにしても心を折ってしまうのが一番容易《たやす》い。君との子供はこの上なく可愛いだろうからな、安心して産むといい」

ひどい、と喉の奥で言葉が掠れる。

「ハロルド様にとって……子供は私を繋ぎ止めるための道具、なのですか？」

アイリーンの柔らかな心に、ハロルドの言葉が鉛《なまり》のように重く沈む。

子供は宝だ。少なくともアイリーンの育った村ではそうだった。両親の愛情の結果、祝福を受けてこの世に生を受けるものだと、ずっとそう思って生きてきた。

そんなアイリーンを、ハロルドは意外なほどに静かな瞳で見下ろしていた。

「子を道具にしているのは君ではないのか、アイリーン」

「……え？」

「村という集合体を存続させるための道具にしているように、俺には聞こえるがな。自分を押し殺して、好いてもいない男と子を成す目的はそういうことだろう？　少なくとも俺は君との子供ならば欲しいと思うし、愛したいと思っている。さて、子を道具にしているのはどちらだ？」

「そんな……そんなこと、私は……」

思ってもみなかったことを言われ、言葉に詰まってしまう。子供を道具にするなんて考えたこともないと言い返したいのに、なぜか音にできない。

何事もなく村に帰ることができても、村にいる限り一生独身のままでいられるわけもない。田舎は独身の女に優しくはない。

いつかはハロルドへの想いを心の奥に沈めて、好いてもいない人と結ばれ子を産むことになるのだろう――村で生きていくために。

ハロルドの言う通り、子供を道具扱いしているのは自分なのかもしれない、そう考えた瞬間、ハロルドがぐっと腰を押し進めた。

「ひぁっ！　あ、いやぁ！」

太く逞しい剛直が無理やりにアイリーンの隘路《あいろ》を進んでいく。

少しの痛みと苦しさを伴って。

初めては痛いものだと聞いていた。それでも好きな相手とだから、苦痛を耐えられ幸せに感じるのだと。

「あ……っ、ああ、んっ……はぁぁ」

狭い中を擦られるたびに、アイリーンのお腹がきゅんきゅんと震えた。初めてなのに苦痛を凌駕する気持ちよさを感じるのは、直接注がれた媚薬のせいだ。

縋るように手を伸ばすと、ハロルドはアイリーンの腕を取り己の首へと回してくれる。

一方的に触れられるだけではない、自ら望んだ接触に胸がどくんと高鳴った。連動するようにお腹もきゅんと切なくなり、繋がっている箇所がぐちゅりと音を立てた。ハロルドの眉間に皺が寄る。

「アイリーン、ただでさえ狭いんだ……あまり、締めつけないでくれ」

「そ、んな……の、わかりませ……ん、ああっ」

締めつけるなと言われても、身体の自由はとうにない。自分の意思で身体を動かせるのならば、こんな甘さを含んだ声など上げずにいられただろう。

「痛くはない、か？」

「んんっ、ぁ……っ」

強引に凶器を突き立てているというのに、ハロルドはまるで合意の上での行為かのように優しく問いかけてくる。眉間に皺を深く刻みながら頬に触れる硬い手のひらは熱く、額《ひたい》に汗を浮かべるハロルドのほうが苦しそうに見えた。ハロルドも苦痛に耐えているのだろうかと心配になったが、そんなわけがないと首を横に振った。

「痛い、です……っ」

彼がアイリーンを気遣ってくれるのならば、やめてくれるかもしれないと一縷《いちる》の望みをかけて訴えかける。しかしハロルドはその凶器を抜き去るどころか、頬に触れていた手を下へと滑り落としていった。首筋をなぞり、胸の膨らみをたどり、お臍《へそ》の凹《へこ》みをくすぐり、そして……ハロルドを咥えこまされているその泥濘《でいねい》のすぐ上へと。

「あと半分、だ。耐えてくれ」

「え……あ、ひぁ！　あぁぁーっ」

「……っ」

さんざん嬲られたその突起を優しく撫でられた。ただでさえ快楽を与えられている身体に、さらに強い刺激が襲いかかる。背中がシーツから浮く。

触れられるだけでなく、硬い指先に摘ままれ弾かれた。すると微かな痛みすら吹き飛ばされてしまう。宙に浮いた足がハロルドの腰に絡まり、アイリーンは無意識に全身でしがみつく。指と舌だけのときとは比較にならない快感の強さに、ただ声を上げ熱い息を零してハロルドにしがみつくことしかできずに身を震わせた。

「や……っ！　ああ、それ……っ、そ、こはぁ……！」

「ああ、言わなくてもわかる。絡みつくように、うねる、な」

「ひんっ……だめ、やぁ……っ、はろる、どさま……ぁあ！」

「もう少し、だ。そのまま身を任せておけ」

「だめっ……！　だ、めぇ……っ、だめ、です、んあ、ああ……っ」

くにゅくにゅとアイリーンの小さな突起が刺激される。ハロルドの長くて太い杭は止まることなく最奥を目指す。触れ合う肌はどちらも熱くて、蕩《とろ》けてぐずぐずになる。

うわ言のようにダメだと繰り返すが、もう何がダメなのかはわからなくなっていた。ただ全身に襲いかかる快感に身を震わせて、意味のない言葉を口にしているにすぎない。

「これで、最後、だ！」

「ひ、あ、あぁぁーっ」

「……くっ」

それまでゆっくりだったのに、ハロルドがぐんっとアイリーンの最奥《さいおう》を突き上げた。ぱちん！　と肌がぶつかり合う音に、リィンッという鈴の音が重なった。

それがまるで合図だったかのように、アイリーンの中で何かが弾けた。

初めて男を咥えこんだ蜜壷を痙攣させる。ハロルドの剛直を蜜壺が何度も締めつけて、そのたびにアイリーンの頭を白く焼いていく。甘い啼き声を上げて背筋を反り返らせ、柔らかな乳房をハロルドの厚い胸板に押しつけていた。

ハロルドはアイリーンが落ち着くまで優しく抱き締め、額に唇を寄せてくれる。

「あ……ああ……」

いく筋もの涙をハロルドの舌に舐め取られた。

荒れ狂った嵐のような波が過ぎても、なかなかアイリーンの呼吸は整わない。それどこ

ろか突き立てられたハロルドの硬さや大きさ、その存在全てをよりいっそう強く意識してしまう。少しでも身を捩れば、また嵐に翻弄されそうな確かな予感が胸の内にざわめいていた。

「お……おわ、り？」

それは確認というよりも、希望だ。

彼はまだ『これから』なのだと知る由もなく、僅かに身を震わせる。涙で潤む瞳と上気した赤い頬、熱い吐息で問いかける様がハロルドの目にどう映っているかなど、アイリーンにわかるはずもない。アイリーンの中の剛直がびくんと震えてなおいっそう大きくなった。

「……やっ」

「今のは君が、悪い」

「そん、な……んんっ」

最奥まで埋められた杭が、ぐちゅりという音と共に引き抜かれる。その寂しさにお腹が切なく疼き、アイリーンは無意識に腰に回した脚に力を入れていた。まだ出ていかないでほしいと訴えるかのように。

「あっあっ！　……あぁ、ハロルド、さまぁっ」

一度引き抜かれた杭が、アイリーンの身体の求めに応じるように一気に押し込まれた。先ほどの、焦《じ》れったいほどゆっくりとした速度とは打って変わって勢いよく最奥を突き上げられる。

アイリーンの意思とは関係なく、中がうねって収縮する。

「や……っ、はろる、ど様っ、こわ……こわいっ……変に、なるっ」

「大丈夫だ、アイリーン。全て、媚薬のせい、だ」

「ひうっ……ん、ああっん」

確かに媚薬のせいなのだろう。初めて男の肉棒を咥えこまされているとは思えないほど、ねっとりと絡みついている。そこにはもう痛みなど欠片もない。

身体の芯が熱くなればなるほど、心は悲鳴をあげる。

心と刺激を欲しがる身体の乖離《はくり》に、涙の雫が流れ落ちていった。

「い、やぁ！　……こども、は……っ、赤ちゃんは、だめぇっ」

ハロルドから与えられる激情に流されてしまいそうになりながら、どうしても受け入れることができないしこりがアイリーンを苛む。揺さぶられながら、蜜を零しながらも、どうしようもなく指先が冷える。

ハロルドの子供は次代の領主となることが、生まれながらに決まっている。

学も教養もなく、ハロルドの横に並ぶこともできない平民の自分なんかが、彼の子供を産むなんてできない。ハロルドは気に留めないだろうが、領主の子の母が平民だなんて国王はもちろんのこと、領民にも認めてもらえるわけがない。

「お願い、します……。ここに残ります、から。もう出て行くだなんて言いませんから……子供だけは、許してくださいっ」

浅はかだろうか。いや、軽率な約束だろうか。

想像するまでもなく、いつか来る終わりに怯えながらハロルドの側にいる日々は、苦しく辛いものになるに違いない。身の程を弁《わきま》えて彼の前から去ろうとしたくせに、結局は側にいることを選んでしまう。なんて愚かなのだろうか。

「好きでもない男との子供は望めても、俺との子供はそんなにも……嫌か」

「ハロルド、さま?」

何かに傷ついたような顔を見た気がした。しかしそれは一瞬で消え失せて、見間違いだったのかもしれないとも思う。

「……いいだろう。君が俺の元に留まると言うのなら、君の望みを叶えよう」

手を伸ばして茶色の小瓶を手にすると、ハロルドはその中身を呷った。

茶色の小瓶は確か避妊薬と言っていた。なぜそれをハロルドが飲むのだろう。避妊薬は女性が飲まなくては効果がないはずだ。

ハロルドは空にした小瓶をサイドテーブルに放ると、アイリーンに覆い被さって口付けた。強引に唇を割って舌を差し入れ、ハロルドは口に含んでいた液体を流し込んでくる。

避妊薬を飲ませてほしいという懇願を聞き入れてくれたのだと理解したが、口移しで与えられるとは考えてもいなかった。アイリーンは必死に喉を鳴らして嚥下していく。

「ふ……んんっ！　ん、やぁっ」

「君の望みを聞いてやったのだから、もう拒絶の言葉は聞かん」

燃え上がる炎の色をした瞳に鋭く射抜かれ、胸がどくりと音を立てた。

獰猛な熱を灯したハロルドが、アイリーンの腰を持ち上げて揺さぶった。その動きに合わせて、首輪の鈴が場違いなほど涼しげな音を鳴らす。蜜壺が咥えこんでいたものが、再び質量と硬度を増していく。薬によって強制的に高められた身体がどうなってしまうのか想像するだけで恐ろしい。

「や、め……っ」

逃げようともがいたが腰を掴まれていては、ろくに動くこともできない。

「アイリーン、君はペットだ。何も考えずに、ただ鳴いていればいい」

ハロルドは細い首筋に舌を這わせ、己の激情をアイリーンの最奥に叩きつけた。

「ひ、あ……っ！　ふあ、あっ！　ああ、んっ……あぁーっ」

悲鳴のような嬌声と鈴の音、アイリーンの秘部から溢れてこぼれる淫猥《いんわい》な蜜の音が部屋に響く。ハロルドに言われずとも、強すぎる刺激に思考さえままならない。

求められるまま、何度も甲高く啼いた。

触れられていないところはないほどに、身体中を彼の手にくすぐられ、彼の唇によって味わわれた。

与えられる熱が、快感が、全身を支配する。

心までがハロルドの存在に塗り潰され、何度も繰り返し囁《ささや》かれた「ペット」という単語と、鳴りやむことのない鈴の音がアイリーンの中に降り積もっていった。

第四章　かりそめの日々

「オールドフィールド様は完璧主義で、どんな些細《ささい》なミスも許さないの。いつも私達の仕事の粗《あら》探しをしていて、失敗すると厳しく叱責《しっせき》されるから気をつけなさい」

ここだけの話よ、と教えてくれた先輩のメイドはつい数日前に辞めてしまった。

村から出てきたアイリーンが大きな城で働くようになってから一ヵ月と経っていないが、そんな話を聞いた回数は片手では足りない。

けれどアイリーンのような下っ端メイドは主を遠くから眺めるばかりで、聞かされる話の真偽も確認のしようがなく、あまり関係はなかったのだ――今日までは。

ハロルドの寝室の扉をメイド長がノックすると、中から「入れ」と声がした。

低く硬い声に背筋が緊張する。重い扉を開くメイド長の横で、アイリーンはきゅっと手を握り締めた。

寝室の清掃を担当した者をハロルドが呼んでいると、メイド長から聞かされている。

今日、主の寝室掃除を担当したのはアイリーンだ。一人で初めて担当した。教わった通りに掃除をしたはずだが、高価な家具がある寝室を任されたことに緊張していたため、実はあまり記憶に残っていない。

「何か粗相《そそう》がありましたか？」

「シーツの端が破れているぞ。替えたのは君か？」

城の主の鋭い視線は、問いかけたメイド長ではなくまっすぐにアイリーンを貫《つらぬ》く。

指摘された通りにベッドにかけていた真っ白なシーツの端が破れて、ほつれた糸が垂れ下がっていた。緊張していたとはいえ、作業をしていたときに気がつかなかった自分が信じられない。すぅっとお腹が寒くなった。

「私です。気がつかずに申し訳ありません」

下げた頭にハロルドの低い声がかかる。

「今回は俺のベッドだからいいが、客室だったら許されんぞ。貴族には端々まで行き届いているのが当然だと考える者が少なくない。ベッドメイキングすらできないほど質の悪い使用人しかいないとそんな相手に思われることは、オールドフィールド家だけでなくこの領地全体が侮《あなど》られることになりかねん。君達の仕事は、そういう評価や評判に直結するものだ。わかるか？」

「はい。気をつけます」

アイリーンは素直に頷いた。初めて一人で担当したとか、緊張していたなど言い訳にもならない。アイリーンがもっと注意深く作業をしていれば気づけたことだ。忙しい主をこんな些細なことでわずらわせてしまって申し訳ない気持ちでいっぱいになる。

「以後このようなことがないよう指導いたしますわ。アイリーン、貴女はもう下がっていいわよ」

メイド長に退室を促されたアイリーンはもう一度頭を深く下げてから部屋を出た。

ここで働き始めて初めての失敗に、アイリーンは肩を落としながら廊下を歩く。よりにもよって、主の寝室で失敗してしまうとは。

『失敗すると、領主様に厳しく叱責される』

と何人もの先輩に言われていた。

確かにハロルドの声は硬く有無を言わせない力強さがあったが、厳しいと言うほどの叱責だとは思えない。声を荒げることもなく、淡々と至極真っ当な指摘をされただけだ。

ハロルド・オールドフィールドという辺境伯は、情勢の不安定な隣国との国境を守る軍を率いているだけあって、ピンと張り詰めた険しい雰囲気を纏う男性だった。

目つきも鋭く上背もあるせいか、周囲を見下ろし威嚇《いかく》しているように見え、威圧的に感じてしまうのかもしれないと、なんとなくそう思った。


「美味いな」

書類を読みながら香茶を口にしたハロルドが、ポツリとこぼした。アイリーンは一瞬何を言われたのか理解できず、ティーポットを手にしたまま主の顔をまじまじと見つめてしまう。

「この香茶は君が淹れたのか？」

「あ、はい」

「そうか、美味いな」

問われて反射的に頷くと、ハロルドは香茶への評価を再び口にした。執務室にはハロルドとアイリーンしかいない。どうやら聞き間違いではなかったらしい。その言葉の意味を正しく理解する前に、ハロルドがぽつりと続けた一言にアイリーンは動揺する。

「昨日までとは雲泥の差だ。そういえば、昨日までの――」

「あの、辞めてしまいました」

動揺のあまり、つい主の言葉を遮るように答えてしまった。ハロルドはアイリーンの無礼に怒ることもなく、「そうか」と頷き押し黙る。

この城では使用人が入れ替わることは珍しいことではないらしいと、アイリーンが気づいたのは最近だ。辞めるときは、皆がみんな主への畏怖《いふ》を口にする。

ハロルドに対して緊張はするが、皆の言うような畏怖を感じたことはないアイリーンにとって、辞める理由にそれを上げられても共感ができない。

主の眉間の皺が深くなっているような気がして、アイリーンがハロルドを怖れて辞めたわけでもないのに、なぜか後ろめたい気持ちになってしまう。

ハロルドの表情は硬く、何を考えているのか読み取ることはできない。

主が先輩から聞いた通りの人物であれば、辞めたメイドに怒りを抱いても不思議ではないが、どちらかというと苦悩しているように見えた。

ハロルドは黙ったまま優雅に香茶を飲み終えると、アイリーンをまっすぐに見上げた。

「君は香茶を淹れるのがうまいな。また次も君が淹れてくれ」

「ありがとうございます」

主に褒められているのだとやっと理解できたアイリーンは、素直にお礼の言葉を口にした。思いもよらぬ賛辞に、頬が緩んでしまいそうになるのを必死に堪《こら》えた。

アイリーンはどんな仕事も真面目に教わったが、香茶の淹れ方は殊更《ことさら》真剣に教わった。主が口にするものを用意するからには、少しでも美味しいものを淹れたかったからだ。

メイド長に合格をもらうことはできたが、ハロルドに香茶を淹れたのは今日が初めてだ。ハロルドが香茶を口にしたときには、失敗していませんように、美味しく淹れられていますようにと、心の中で祈っていた。

——まさか褒めていただけるなんて。

胸が熱くて駆け出してしまいたいような気分で落ち着かない。今なら隣町にだって走って行けそうな気がする。

喜びのあまり粗相をしてしまいそうだ。それほどに心が浮き立っている。浮かれてとんでもない失敗をしないうちに、アイリーンは頭を下げて部屋を辞した。

長い廊下を歩きながらふと窓の外を見ると、アイリーンの心を映したかのような晴れやかで澄んだ青空だった。

「頑張ろう」

ぽつりと呟く。

認められたことが嬉しい。何より嬉しかったのは、ハロルドに喜んでもらえたことだ。自分の仕事が、主の役に立てたという実感が胸に満ちてくる。

使用人の仕事の粗探しをしているなんて、先輩の勘違いだったのだ。

ハロルドはメイドの些細な仕事ですら、きちんと気がついて認めてくれる。「また次も」と求めてくれる。嬉しくてたまらない。誰もまだ知らない宝物を自分が一番に発見した気分だ。

その日からアイリーンはハロルドにもっと美味しい香茶を淹れたいと、もっと喜んでほしいと、香茶の淹れ方を研究するようになった。


ハロルドの寝室のベッドからシーツを外し、洗いたてのシーツへと替える。もちろん真っ白なシーツには汚れもほつれもないことは確認済みだ。

背後から聞こえてきた足音に、同僚が手伝いに来たのかと思い振り向くと険しい表情をした主がそこにいた。

「ハロルド様？」

どうしたのだろうと小首を傾げ、見下ろす鋭い瞳を見つめ返す。身長差があるせいで、顎をくいとあげるほどの角度で見上げることになる。ぴくりと、主の目元が引きつったように見えた。

「体調が悪いのだな？」

「え？」

「風邪か？　失礼、触れるぞ……熱があるな」

伸びてきた大きな手が、アイリーンの額に触れた。

主の手はひんやりと冷たく、気持ちいい。思わず擦り寄りたくなってしまう。懸命にその衝動を堪えた。熱のせいで少し判断力が落ちているのかもしれない。

昨夜から熱っぽい自覚はあった。朝も吐く息が少し熱いように感じたが、これくらいの不調ならば気にするほどでもないと、いつも通りに働いていたのだ。

やらなければならないことは常に山積みだ。アイリーンが休めばそのぶん誰かに迷惑がかかってしまう。それがわかっているのに少し体調に違和感がある程度で休むわけにはいかない。

「あの、これくらい平気です」

「そんなわけがないだろう。無理して動けば治るものも治らず悪化させるぞ」

ハロルドの目がすっと細まった。

上背《うわぜい》のある主に厳しい視線で見下ろされると怖いと感じるメイドは多いかもしれないが、アイリーンは恐ろしいとは思わなかった。一介のメイドを心配してくれるなんて、やはり噂のようなひどい人ではないのだと確信する。ハロルドに心配をかけないようにアイリー

ンは微笑んだ。

「大丈夫です。体力には自信がありますし、家でもこれくらいでは休んでいられる暇なんてありませんでしたから」

畑の世話も弟妹たちの面倒を見ることにも休みなどなかった。休むように言ってくれる主には申し訳ないが、多少の辛さを我慢することには慣れているし、動けるうちは頑張らない理由がない。

「こんな体調のときまで働く必要はない、休め」

「洗濯物を持っていかないといけないので、失礼いたします」

アイリーンは交換して床に置いていたシーツを手に取ると、ハロルドに頭を下げた。

脇を抜けようとしたつもりだったのに、身体がふらついて視界が揺れる。あれ、と思ったときにはハロルドに支えられていた。そうでなければ床に倒れてしまっていただろう。

「君は無理をする質《たち》なのだな」

「す、すみません」

主に身体を支えさせるなんて畏れ多いにもほどがある。慌てて離れようとしたが、膝裏をすくい上げられてままならない。足が床から離れて宙に浮く。ハロルドに抱き上げられたのだと気がついて、もともと熱っぽかった頬がさらに熱くなった。

「お、下ろしてください」

「駄目だ。このまま君のベッドまで連れて行く」

「でも仕事が」

ハロルドの腕から逃れようとしても、力が強くビクともしない。

アイリーンが腕に抱えているシーツを取り上げて床に放り、ハロルドは呆れたように大きなため息をついた。

「体調不良の君に無理をさせなければメイドの仕事が回らないというのなら、それは君が悪いのではない。それだけ余裕のない状況にしてしまった主の俺の責任だ」

「そん、な。ハロルド様は」

「従わぬなら、実力行使に出るだけだ。俺のベッドに下ろして眠りにつくまで見張ってもいいのだが？」

「っ」

主のベッドを使うなどとんでもない。そんなことを言われてしまっては黙るよりほかはなくて、アイリーンは慌てて両手で口を覆った。

ハロルドは抵抗をやめたアイリーンを抱えたまま歩き出す。その振動とすぐ近くにある体温が心地いい。目を瞑《つむ》ると、急に身体が重くなった気がした。本当はこんなに身体は辛かったのだと自覚する。

結局、主に迷惑をかけてしまい申し訳なくなってしまうけれど。

――それでも今日は休みたくなかったのだと言ったら、呆れられてしまうだろうか。

使用人の数が足りておらず忙しいというのも嘘ではないが、今日はハロルドの部屋の掃除当番の日だったから休むという選択肢は最初からアイリーンにはなかった。

ぼんやりと目を開けて、いつもよりずっと近いハロルドの顔を見つめた。

精悍な横顔、凛々《りり》しい目元や通った鼻筋。いつも見ている顔なのに胸が大きく跳ねて、アイリーンは慌てて目を閉じた。

胸がざわめくのも、頬から熱さが引かないのも、体調不良のせいだ。アイリーンはそう自分に言い聞かせながら、ハロルドの胸にそっともたれかかった。

この日はハロルドに言われて早めに休んだおかげで、翌日には体調不良は消えて元気に働くことができた。あのまま無理に働いていたら、倒れてしまっていたかもしれない。

ハロルドの優しさや気遣いに触れるたびに、アイリーンは宝物を発見したように嬉しくなった。ハロルド・オールドフィールドという方はこんなにも素晴らしいのだと皆にもわかってほしくなった。噂に振り回される人達に理解してもらえないのは悲しかったが、ハロルドの良さは他人の評価で損《そこ》なわれることはない。

いつかは理解してもらえるはずだ。こんなに素敵《すてき》な方なのだから——。

◇　◇　◇

寒さを覚え、ふと目を開いた。

暗い部屋で何度か瞬きをして、身体を起こして石造りの部屋を見回す。

どうやら懐かしい夢を見ていたようだ。しかし温かな記憶は、寒い室内の空気に触れて冷えたかのように急速にぬくもりを失い遠のいてしまった。

何か大切な記憶だったように思う。なのに動くたびに鳴る鈴の音が、アイリーンに考えることを放棄させてしまうのだ。

ハロルドが言っていた通り、城へと繋がる扉は厳重に施錠《せじょう》されており、その鍵は主自身が管理していてアイリーンは外に出ることができない。

食事は朝昼晩三回、定期的に扉の脇の壁に作られた小窓から差し入れられている。東の塔に誰かがいることは、城で働く使用人に知られているはずだ。

やろうと思えば、食事を運ぶ使用人に声をかけることができる。猿ぐつわをされているわけでもなく、声は自由に出せるのだから。けれど何かあれば使用人に手をかけると脅されたことが、アイリーンに声を出すことを躊躇わせた。

食事を運んでくる使用人も、塔の中にいる誰かに声をかけようとはしない。きっと言葉を交わすことを禁じられているのだろう。

避妊薬を飲ませてもらうために「出て行くことを諦める」とハロルドに約束したことも、アイリーン自身の行動に制約をかけていた。

東の塔に閉じ込められて、一週間は経っただろうか。

「ペット」と呼ばれどのような無体を働かれるのかと恐ろしく思っていた塔での生活は穏やかで、ハロルドとアイリーンの二人以外誰もいない。

窓の外を見上げるまでもなく、部屋の中はすでに暗い。闇の中でひっそりと息を詰めたが、意味がないこともまた知っていた。決して広くはない閉ざされた塔の中でのこと。隠れる場所などどこにもない。

「アイリーン」

聞き慣れた声にびくりと肩を震わせる。その拍子にリンと小さな音が静かな塔の中に響き、アイリーンは慌てて首元の鈴を押さえたが、今さらだ。

螺旋《らせん》階段を上ってくる足音が聞こえてくる。

ハロルドは部屋に入ってくると、無骨な手でアイリーンの頬を撫でた。アイリーンを抱きあげると、ハロルドは東の塔の螺旋階段を降りていく。その足取りに不安なところはない。ハロルドが東の塔の中に作った執務室へと連れて行かれるのだろう。

アイリーンは一週間経っても気持ちの整理はつかず、どのような態度で接すればいいのかわからないのに、ハロルドは塔にアイリーンを監禁する前と変わらないように見えた。その変わらなさがうらやましくさえ感じてしまう。

「眠いか？」

ハロルドに問われて、首を横に振った。そろそろ就寝してもおかしくはない時間だとは思うが、うたた寝をしていたため眠気はない。

東の塔にある執務室に入ると、机の上に置かれているたくさんの書類にアイリーンは目を見張った。ハロルドは領主として辺境伯として常に忙しいのは知っているが、こんな遅い時間まで仕事しなくてはいけないのではいつか身体を壊してしまう。

「これから、それを全部見るのですか？」

「さすがに全てに目を通すのは難しいが、急ぎのものだけでも少しでも減らしておかんとな。明日以降に響く」

「……甘い物、は？」

ずっと気にかかっていたことを問いかけた。

ハロルドが疲れているときに、アイリーンが買いに行っていたお菓子。忙しいハロルドのために、少しでも癒しになればと彼が好みそうなお菓子の情報を集めていた。

アイリーンがハロルドの世話から離れたあと、他の誰かがお菓子の用意を頼まれていればいいのだが。けれど引継ぎ中にそんな話は誰からも聞いたことがない。アイリーンのように黙っていただけならばそれでいい。いや、そうであってほしい。忙しい彼のささやかな楽しみが失われていなければいいと、身勝手にも願う。

小さな音を立てて唇が触れ合う。

「君の唇は甘いな。今度からは、疲れたときはこれをもらうとしよう」

ハロルドは口角を僅かに上げる。アイリーンは頬を赤く染めながら、口元を押さえて俯いた。どう返答すればいいのか、自分の心がわからない。

執務机の椅子にハロルドはアイリーンを抱えたまま座ると、己の膝に乗せた。

膝に乗せられるのはこれが初めてではないが、媚薬に身体を蕩《とろ》かされたとき彼の太ももを跨ぐようにして乗せられた記憶がほんのりと思い出されて落ち着かない。

逞しい太ももに乗せられたまま、紙束の山から書類を引き寄せてペンを握る太い指を見つめる。どうやらハロルドはこのまま仕事をするつもりらしい。

「あのハロルド様……私、お仕事の邪魔では？」

熱の上がった頬にハロルドの薄い唇がそっと触れ、鋭い目元をゆるりとやわらげる。

「俺がアイリーンと共にいたいだけだ。退屈だろうが付き合ってくれ」

そうまっすぐに請われてしまえば、断る選択肢などアイリーンにあるはずがなかった。

「――これは西部の山岳地帯へ続く街道の整備についての嘆願書だな」

何枚かまとめられた束のうちの一枚目と二枚目をさらりと読んで、ハロルドは重い息をつきコツコツと机を指先で叩いた。文字の読めないアイリーンにはよくわからないが、何か問題があるらしい。

「何度も嘆願が来ているのだが、この件は難しくてな。西部の山岳地帯は雪が多く一年の半分は雪に閉ざされている。あの辺りに住む村民の移動と交易のために街道の整備をする必要がある。だが、一年の半分も使われないという点が領の税金を使う理由としては弱くて困っている」

アイリーンは神妙そうな顔をしてハロルドの言葉に頷いてみせたが、理解できていないことは彼にはお見通しのようだった。

アイリーンの腰を引き寄せながら小さく微笑む。

「街道整備などの公共工事は、領民に納めてもらった税金で行われる。そして困っている領民は山岳地帯の者だけではない。有限である税金はなるべく多くの領民のためとなるよう使わねばならない。さりとて少数の弱者を踏み台にすることは避けねばならない。西部の山岳地帯は一年の半分も使えないからこそ、街道を整備して交易の効率を上げてやる必要がある」

ハロルドは腹の底から大きなため息をつく。領主の悩みを無学のアイリーンが解決できるはずもない。多くの責務を負い、黙々と領民のために働く主の負担を軽くすることはできないが、心を少しでもやわらげてあげられたら——。

アイリーンは思わずハロルドの眉間に刻まれた皺に手を伸ばしてしまった。リン、という涼やかな音とともに。驚いたように目を見開いたハロルドがアイリーンを見つめた。

「あ……すみません。難しそうな顔をしていらしたので、つい」

「君は、本当に……」

ハロルドは小さく口元を綻《ほころ》ばせると、アイリーンの腰を引き寄せた。アイリーンがバランスを崩して厚い胸板に身を預けると、待ちかまえていたかのように唇を塞がれた。あ、と思ったときにはすでに歯列を割られてハロルドの舌が口内に入り込んでいる。チリン、と涼やかな音がした。アイリーンがきゅっとハロルドの服を摑む。そこに拒絶の意志はなかった。

ハロルドが口付けの角度を変えるたびに、チリン、チリンと音がした。

その音を聞くたびに、何かがとろとろと溶けていくような気がする——思考だけでなく自分を縛っている何かが。

口付けに蕩けたアイリーンがぼんやりと目を開くと、ハロルドの燃えるような赤い瞳がそこにある。

身体の奥に火を付けられるかのような瞳が。

自分でも自分がよくわからない。この一週間、何度も自問を繰り返している。拒絶するべきなのに、仕方ないと言い訳をしてハロルドを受け入れてしまっていいのか、と。

悩みながらも、彼と触れ合うと拒絶する意思が薄くなり、なし崩しに受け入れてしまう弱い自分をアイリーンは持て余していた。

アイリーンの唇を堪能し終えたハロルドは、街道整備についての嘆願書を元の山とは異なる箱に入れ、紙束の山からまた新しい書類を手に取った。

「それはどうなるのですか？」

仕事の邪魔はすまいと思っていたのに、思わず嘆願書が入れられた箱を指さしていた。

ハロルドは呻《うめ》くようにアイリーンの問いに答えた。

「このままでは受け入れられん。整備の規模を縮小するか、もしくは整備をすることで何か大きな副次効果を狙えればいいいんだが。いまのところは整備計画を再検討させるより他ない」

「そうですか。その箱は駄目だった箱なのですね」

そう頷きながら、アイリーンはハロルドが向ける視線の意味に気がつき肩を縮こまらせた。恐らく却下という意味合いの言葉が箱に貼られた白い紙に書かれているのだろう。

「すみません。私は、その、文字は読めなく、て」

村で文字を読むことができたのは、村長の一家だけだ。アイリーンだけでなく村人は、自分達の名前がどんなふうに書かれるのかすら知らない。

この城で働く使用人には読み書きができる者が多い。同室だったシンディーも商家の出であるため、読み書きや算術が得意だ。アイリーンはここで働き始めてから、仕事に必要な単語をいくつか覚え読めるようになった。算術も少しはできるようになったため、村に帰れば皆に褒め称えられたことだろう。そんな低い程度の読み書きしかできない自分が恥ずかしかった。

ハロルドに呆れられただろうと羞恥に震える。そんなアイリーンにハロルドがかけた言葉は予想もしないものだった。

「学びたい気持ちがあるのなら、教えてやろう」

ハロルドの端整な顔を見上げ、きょとんと目を瞬かせる。

「そんな手間をかけさせることは……」

「かまわん。君が望むことを叶えることが、手間なわけがないだろう。それに対価はきちんともらうぞ」

そんな、と口ごもるアイリーンにハロルドがニヤリと口端を持ち上げる。今夜も求められるだろう予感に胸の奥が熱くなりそうで、アイリーンは自覚をする前に考えることを放棄した。


「君はいつもその服ばかり着ているな」

服を着替えて衣裳部屋から出てくると、上から下までじっくり見られたあげくにそう言われ、アイリーンはうっと言葉を詰まらせた。

「たまには他の服も着てみるといい」

出てきたばかりの衣裳部屋へ手を引かれて戻される。

東の塔はもともと見張り塔としての役目があったらしい。国の領土が広がったことにより、その役目はすでに失われて久しい。最低限の手入れがされているだけだった東の塔を、ハロルドは生活するのに不足がないようにわざわざ職人を呼んで改築した。それがなんのためであるかは、今はあまり考えたくはない。

改築後の東の塔にはアイリーンが寝起きしている部屋だけでなく、ハロルドの執務室もある。ハロルド用だけでなくアイリーン用の衣裳部屋までもが用意され、さらには城と同じ設備のある浴室まであることを知ったときには目眩がした。他にも改築で増やした部屋があるのかもしれない。

「ここにある服は全てアイリーンのために揃えたものだ。好きに着ていいと言っただろう」

衣裳部屋の中には色とりどりの華やかなドレスが並べられている。いつもはできる限り目を逸らしているのにハロルドに促されてつい直視してしまい、アイリーンはドレスの煌《きら》びやかさに怯んだ。

「ですから、この服を……」

いま着ている濃紺のワンピースをそっと摘まんだ。

ここにある服はどれもこれもがレースやフリルやリボンがたっぷりで、平民が着ていいようなものではない。畏れ多くて、着るどころか触れることすらしたくない。使用人部屋に置いていた私服かメイド服が欲しいとお願いしたが、ハロルドは「君はもうメイドではない。ペットは主人の言うことを聞くものだ」とすげなく却下された。

ここにある服を着なければ裸でいるしかないと言われて、必死で煌びやかなドレスの中からこのワンピースを探し出したのだ。

この濃紺のワンピースは親しみを持てた。落ち着いた色合いは着慣れたメイド服を連想させたからだ。とはいえ、アイリーンが今まで着ていた服どころか支給されていたメイド服よりも遥かに質がいい。肌に触れる布地は柔らかく、スカートの裾は光の反射で色合いが微妙に変化する。袖口や裾にはさりげないが白いフリルが飾られているし、刺繍《ししゅう》の花模様はとても繊細《せんさい》で美しい。

決して平民が着るようなものではないが、ドレスよりはまだ自分に許せる気がした。着用するのに勇気を掻き集める必要があったが、裸で過ごすのはさすがに嫌だった。紺色のワンピースと、もう一着見つけたグレーのワンピースの二着を、アイリーンは交互に着て過ごしていたのだ。

「どれもこれも君に似合うと思い用意させたのだから、遠慮する必要はない。そうだな、これなんかどうだ？　こっちもいいと思うが」

ハロルドが手にしたのは萌黄色《もえぎいろ》のドレスと、深紅のドレスだった。どちらもとても華やかで、見ているだけならばうっとりできる。

「あの、着方もわかりませんし」

「なんだ、そんなことか。それならば俺が手伝えば着るな？」

「……えっ」

ただの言い訳に思いもよらない返事をされ、アイリーンは目を瞬かせた。ハロルドはもう決定だと言わんばかりに、アイリーンに「どちらにする？」と問いかけてくる。

「あの」

どちらも遠慮しようと口を開いた瞬間、リン、と首元で小さな音がして言葉を飲み込んだ。使用人のアイリーンが主であるハロルドに逆らうことなどできるわけがない。ましてや今は使用人ですらなく、ただのペットだ。我が儘が許されるはずがなかった。

アイリーンは深紅のドレスから目を逸らし、せめてもという気持ちで萌黄色のドレスを指さした。

「こちらか、まあいいだろう」

ハロルドはドレスを脇に置くと、アイリーンのワンピースのボタンを外そうとする。

「じ、自分でできます！」

ハロルドの手から逃れようとしたが、鮮やかな手並みであっという間にボタンを外されてしまった。

服を脱がされるのは初めてではないが、ハロルドはいつも手早すぎてアイリーンに心の準備をする時間すら与えてくれない。羞恥で熱くなったアイリーンの頬に音を立ててハロルドの唇が触れた。

「では自分で脱いでくれ」

「……え?」

「自分でできる、のだろう?」

脱がされる羞恥にとっさに口にした言葉を、ハロルドは繰り返して言い聞かせる。彼の見ている前で服を脱ぐよう言われていることにアイリーンはたじろいだ。

きゅっと服の襟を握り締めると、またチリンと首元の鈴が音を立てた。

「アイリーン、どうした?」

ハロルドが僅かに目を細める。たったそれだけで多くの若い使用人が恐れる表情になるが、要領を得ない報告をする者達に向けるような冷たさはなく、どこか楽しげでアイリーンをからかっているような雰囲気すらあった。

ハロルドは無駄な時間を嫌う。主の貴重な時間をペットが奪うわけにはいかない。

「……っ」

覚悟を決めてワンピースを脱ぎ、ハロルドの視線に白い肌を晒した。下着のみという心許ない恰好で、アイリーンは大きな胸元を両手で隠しながらもじもじと俯く。ゴホンとわざとらしい咳払いが聞こえて顔を上げると、ハロルドが萌黄色のドレスを差し出した。

「こちらのドレスだったな」

「あ、はい」

ハロルドが同じことを二度も確認するなんて珍しい。アイリーンのきょとんとした視線に、ハロルドも気がついた様子で、また咳払いをした。

「その恰好は魅力的すぎて目に毒だな」

「ハ、ハロルド様が脱ぐようにって……」

「わかっている。俺の理性が働いているうちに、着替えてしまおう」

そう言うとハロルドは複雑な造りに見えるドレスを、手際よく着付けてくれる。

「ハロルド様はこういうことに慣れているんですか？」

「こういうこととは？」

「……女性の着替えの手伝い、です」

よどみないハロルドの手つきに思わず聞いてしまった。ハロルドが慣れていようと、アイリーンには気にかける権利もないのに。

アイリーンは唇をきゅっと噛《か》む。

「失礼する」

一言断りを入れると、ハロルドは大きな手をアイリーンの胸元に差し入れた。重量のある胸をぐっと持ち上げられる。突然のことに、アイリーンは小さく悲鳴をあげた。

「きゃあ！」

「何を誤解しているのか知らんが、ここのドレスを準備したときに学んだだけだ。塔には俺と君しかいないから、着替えを手伝えるのも俺しかいない。……そのときに教わったことだが、胸元をこうして手で寄せてやると綺麗に見えるらしい」

「あ……あの、はい」

理由を説明されても、突然に触れられた衝撃は簡単には落ち着かなかった。ハロルドが自分のためにわざわざ覚えてくれたということがなぜだか嬉しくて、鼓動がどきどきと大きく跳ねる。

ハロルドが腰の紐《ひも》をぐっと引き絞った。

「苦しくないか？」

「大丈夫です」

「夜会などの正式な社交の場に出るときであれば、二、三人がかりでコルセットを締めることもあるらしいが、もともと君の身体は細いし普段用のドレスであればコルセット自体が不要だろう。……できたぞ」

ハロルドはアイリーンの正面に立つと、出来栄えを確認するかのように眺めた。

「あの、お手間をかけさせてしまい申し訳ありませんでした」

主に手間をかけさせてしまったことに腰を折り曲げて謝罪すると、ハロルドから顔を上げるように促された。

「俺が君に着てほしいと願ったのだから、俺が手伝うのは当然だ。思った通り、よく似合っている」

ハロルドに手を引かれて、姿見の前に立たされる。萌黄色の華やかなドレスを着た自分は、なんだか別人のように見えた。

「とても綺麗だ」

「……ありがとう、ございます」

どうにかお礼を伝える。萌黄色のドレスはアイリーンのために用意されただけのことはあり、ぴったりだった。寄せられた胸元は丸みのあるシルエットが作られていて、なるほどと納得する。綺麗だという言葉もハロルドのことだからお世辞ではないだろう。

しかし鏡にハロルドと二人で映るからこそ、立っているだけで気品があり洗練されている彼と、緊張感に表情を硬くした自分との違いが明確にわかってしまう。平民は何を着ていようとも平民でしかないのだと。胸元の開いた萌黄色のドレスに真っ赤な首輪がとても目立っていて、今の自分の立場を更に強く意識させられた。

気持ちが沈み込みそうになったが、ハロルドがアイリーンを鏡越しにじっと見つめていることに気がついて、必死に微笑んだ。

「素敵なドレスをありがとうございます」

アイリーンがお礼を口にすると、なぜかハロルドは大きなため息をついた。

「無理をする必要はない」

「え？」

「気に入らないなら、そう言ってかまわないと言ったんだ」

「そ、そんなことは決して」

ハロルドはアイリーンの手を取ると、ちゅっと音を立てて指先に口付けた。

「俺の我が儘に付き合わせてしまってすまなかったな。いや、こういうときは俺のために着てくれてありがとうと言うべきか」

どう返答すればいいのか困っていると、ハロルドが小さく苦笑した。アイリーンの顎をすくい上げると、覆い被さるように唇を奪う。

「俺は君のドレス姿を毎日でも見ていたいが、君はさっき着ていたような服のほうが好きなのか？」

「あ、あの、いえ」

「正直に言ってくれ」

強めに言われておずおずと頷くと、ハロルドが「わかった」と口にした。

「似た系統の服をもっと揃えよう」

「いえ、そんな。今あるだけで充分です」

慌てて遠慮すると、ハロルドがアイリーンの髪をさらりと梳く。

「アイリーン、君はペットを飼ったことはあるか？」

「……いえ。畑で精一杯で、家畜の世話をする余裕もありませんでしたので」

「そうか。俺も今まで動物を飼ったことはないが、貴族には愛犬家や愛猫家が多く、よく話を聞かされるせいでそれなりに知識はある」

「はい」

突然ハロルドがなんの話をし始めたのかわからず、アイリーンは曖昧《あいまい》に頷いた。

「ペットは遠慮なんかしなくていい」

「え？」

「ペットは野生動物と違い屋敷に閉じ込められ行動範囲を制限されるが、そのぶん狩りなどの仕事をする必要もなく、飼い主に愛でられることが役割だ」

ハロルドがアイリーンの細い首に回っている真っ赤な革の首輪を撫でた。リン、と鈴の音がする。

「君は俺のペットだ。この塔から出ることは許さんが、その他のことは君のしたいようにしていい。君はこの塔で、ただ俺に愛されていてさえくれれば、それでいいんだ。犬や猫は欲しいものは欲しい、嫌なことは嫌だと遠慮せずに主張するぞ」

ペットと呼ばれて首輪と鈴をつけられ、人としての尊厳すら取り上げられた。ハロルドに逆らうことは許されないと示されたのだと思っていた。もしかしたら、アイリーンの誤解だったのかもしれない。

鏡越しにアイリーンの瞳が揺れていることに気がついたハロルドは、腰を折り曲げて耳元で囁いた。

「素直になることがペットの役割なのだと、ベッドの中でもさんざん教えてやっただろう。それとも今ここでまた、二度と忘れぬよう身体に叩き込まれるのが望みか？」

その声に昨夜の嬌態《きょうたい》——高められた身体を煽《あお》られて、熱に浮かされたかのようにハロルドを求めさせられたことを思い出し、くらくらと目眩がした。

「は、ハロルド様！」

羞恥で声を上げるアイリーンの様を、ハロルドは楽しそうに見ている。ハロルドから与えられるものにアイリーンが思い悩みすぎることのないよう、あえてそんな言い方を選んでいるような気がした。

「食事の時間だ。行こうか」

ハロルドはアイリーンの腰に手を回すと、食事が用意されている部屋へと連れていく。

塔に連れて来られた最初のころは一人で食事をしていたが、最近ではハロルドと共にとることが多くなった。ハロルドが仕事で外に出ていることもあるので毎食ではないが、ハロルドが東の塔にいるときにはアイリーンを同席させる。同じテーブルにつくだけでも畏れ多いのに、アイリーンのために同じメニューを用意させるのだ。

使用人であるアイリーンが主と同じものを口にしていいわけがないのに、「一緒に食事をするのだから、同じメニューなのは当然だろう」とハロルドは頑として譲らない。給仕のいない食事は不自由だろうに、ハロルドはアイリーンが同席するのであれば気にもしないようだった。

最初の三日間は緊張しすぎて味を感じなかった。最近やっとどうにか手が震えずカトラリーを使えるようになり、料理の味を感じることができるようになった。さすがに味わう境地にまでは至れないが。

塔の狭い一室で向かい合って食事をする。テーブルマナーの完璧なハロルドの食べ方はいつも優雅で美しい。その様子に見惚れていると、顔を上げたハロルドと視線が合う。鋭い目元がふっと細まった。

「貝類が苦手なようだな」

「え」

ハロルドに見惚れて手が止まっていたアイリーンのお皿には、魚介のスープがまだ半分以上残っている。慌ててスプーンですくって口元に運んだ。

「無理して食べる必要はないぞ」

「別に嫌いなわけではありません」

アイリーンの返事に、ハロルドが「そうか?」と口角を持ち上げる。

「前に酒で蒸したアサリが出てきたときも食べ辛そうにしていたように見えたが」

「……っ、気づいていたんですか?」

誰にも気がつかれたことはないのに、とアイリーンは肩を落とした。

いつも無心で食べるように心掛けていて、今まで「好き嫌いはない」という体面を保てていたと思っていたのに。

アイリーンの住んでいた村は海が遠く、魚の干物でさえまれに目にする程度だ。貝というものを、この城で働くようになり初めて口にした。食感が苦手で、好んで食べたいとは思えなかった。

「そんなに苦手なら残せばいいだろう」

「弟や妹たちにずっと好き嫌いは駄目って言い聞かせてきたので、そういうわけにはいきません」

「君らしいな」

小さく微笑んだハロルドを見上げて、ふとアイリーンが尋ねた。

「ハロルド様は苦手な食べ物はないんですか？」

「君が俺の個人的なことを気にかけてくれるとは珍しいな」

「……そんなことはないと思いますが」

アイリーンは常にハロルドのことを気にかけてきたつもりだ。

ハロルドの好むお酒や、香茶の淹れ方、お菓子の種類だって意識してきた。

「メイドとして尽くしてくれていたのは知っているが、それはただの仕事だろう。仕事に関係なく俺の嗜好《しこう》を尋ねられたのは初めてだ」

指摘されてその通りだと初めて気がついた。主の私的なことを軽々しく問いかけてしまったことに頭を下げると、リンッと首元で鈴が鳴る。

「……すみません」

「君が俺に個人的な興味を持ってくれることは嬉しいのだから、頭を上げてくれ」

恐る恐る頭を上げると、ハロルドの瞳はとても穏やかで、嬉しいという言葉に嘘はないようだった。

最近のハロルドは以前に比べ優しげな表情をすることが多くなった気がする。

「俺はそうだな、ピーマンが得意ではないな」

「ピー……マン？」

「ああ。あの青臭い苦味はどうも苦手でな。食べられないほどではないので残したことはないが」

ハロルドは真面目に語る。あまりにも意外で、アイリーンは思わず「ふふっ」と笑いをこぼしてしまった。

「すみません。……でもピーマンって、うちの幼い弟と一緒で」

無礼だとわかっているのにクスクスと笑いが止まらない。

「謝る必要などない。この塔に来て、初めて君の笑顔を見ることができたのだから、ピーマンの話くらい安いものだ」

「え？」

「この塔で暮らすようになってから初めて笑っただろう？」

そうだっただろうかと自分の頬に触れた。

「今までは笑ってもぎこちなかったからな」

確かに二人きりの空間でどういう態度でいればいいのかもわからず、ずっと緊張していた。その肩の力が今初めて抜けた気がする。

アイリーンの小さな変化に、ハロルドが安堵しているのが伝わってくる。

夜になれば身体を求められ痴態《ちたい》をハロルドに晒すよう強要されるけれど、昼はハロルドと二人で穏やかに過ごすことが多くなった。首輪をつけられていなければ塔に監禁されていることが錯覚であるかのように思えてしまう。

誰も知らない彼のことをアイリーンだけが知ることができるのを嬉しいと感じ、塔での生活を受け入れ始めている自分にふと気がつき困惑せずにいられなかった。

◇　◇　◇

ハロルドに媚薬の入ったピンク色の小瓶を差し出されるのは何度目だろうか。

初めてハロルドと身体を繋げた日。男を知らないアイリーンのためにと、媚薬でさんざん嬲られた。使用人達の命を盾に脅されて、避妊薬と引き換えに東の塔に囚われることを受け入れさせられたのだ。

翌日の夜に同じように求められたとき、身体の関係を持つことは拒絶した。

ハロルドの望むままにこの塔に残ることを承諾したのだから、これ以上は身体を嬲られ翻弄されたくなかった。

しかし結局は拒絶することは許されず、命じられて媚薬を飲まされ、前日と同様に恥じらいという感情を持つ余裕すらないほどはしたなく乱れてハロルドを求めさせられた。

流されてはいけないと思うのに、今も抗うことができずにハロルドのなすがままになっている。

東の塔でハロルドが執務室として使っている室内で、処理されたばかりの書類が積み重ねられている机の上でアイリーンは身体を乗せて膝を立て、太ももを抱えるように大きく開く。これではまるでアイリーンのほうが誘っているようだ。

膝にアイリーンを乗せて仕事をしていたハロルドが一区切りついたというから、今日はもう休むのだろうと思ったのだが、ベッドに移動せずこんなことを要求されるなんて。

「ハロルド、さま……っ」

ハロルドはアイリーンの希望を汲んでくれ、衣装部屋の中にはシンプルなデザインの服がここ数日の間にさらに増えている。

ありがたいと思えばいいのか、自分なんかにたくさんのお金を使わせてしまって申し訳ないと思えばいいのか、アイリーンは少しわからなくなっていた。

塔から出ることと、身体を繋げることを拒否することは許されないが、それ以外はできうる限りアイリーンの気持ちに添うようにしてくれている。

塔に閉じ込めた日のように、アイリーンの思いを一切汲まずに強引に身体だけを求めてくれるなら、こんなにも心が揺れずにすむのに。彼を好きだという気持ちを、心の奥底に沈めてしまうことができるのに。

「あっ……」

思わず声を零した。ワンピースはハロルドの手によって乱され、はだけさせられた胸元の膨らみに彼が舌を這わせたからだ。

ハロルドの大きな手が、アイリーンの豊かな胸の形を変える。その頂点は硬く痛いほどに尖りきっていた。ピンク色に腫《は》れた周囲をくるりと撫でられる。それだけで切なく苦しいほどのため息がこぼれた。

捲りあげられたスカートの奥、下着の中はもう恐ろしいほどにとろとろと溢れてしまっていた。その一枚の布越しに、ハロルドの硬いものが擦りつけられている。

「んん、は……っ、あん！」

「どうした？　腰が揺れているぞ」

「んんっ」

身体の反応を指摘され、アイリーンは羞恥に耳まで熱くなった。しかし耳以上にお腹の奥が熱く、切ない。ハロルドはトラウザーズの前を寛げる。蕩けきったアイリーンの秘部とは真逆の、ハロルドの剛直をどうしようもなく求めてしまう。

素肌で触れ合いたい。胸の先を弄られたい。

ハロルドに突き上げられたい。

塔に囚われて以来、ほぼ毎晩強制的に教え込まれた快楽を身体が貪欲に欲している。

揺らめく腰は止められず、アイリーンが動くたびにチリチリと鈴の音が部屋に響く。

ハロルドが口の端を僅かに持ち上げたのが、ぼんやりとした視界に映った。耳元に形のよい唇が寄せられ、低い声で囁かれる。

「アイリーン。君が求めるなら、なんでも与えよう」

「あっ」

ハロルドの硬い指先がふっと胸の先を掠めた。下着越しに丸い先端がほんの少し入り込む。胸を突き出すように背中を反らし、はしたなく脚をさらに広げてしまう。もっと、とねだるように。

アイリーンのそんな様子にハロルドが小さな声で笑った。

「君の身体は素直だな。同じように心も解放してみろ」

「そん……なっ、だめ……ですっ」

小さく首を振る。

ハロルドはたかがメイドのアイリーンが求めていい相手ではない。この関係は主が望むからこそ、成り立っているのだ。アイリーンからねだることなど許されるはずがない。

「君はペットだ」

「……っ」

ハロルドに低い声で囁かれるたびに、彼に言われたことを思い出してしまう。

『ペットは愛されることを受け入れるだけでいい』

『ペットは主人に遠慮などしない』

塔での生活で、ハロルドから繰り返し強いられるのはただ一つ。

アイリーンの気持ちを素直にハロルドにぶつけること、それだけだ。

ペットとはそういうものなのだと、アイリーンは何度も教え込まれた。

「余計なことなど考える必要はない。ペットなのだから、心のままに求めるんだ」

ハロルドが首に嵌めた輪に触れる。その存在をアイリーンに意識させるように。

チリン、チリン。揺れるたびに鈴の音が鳴る。

この音は危険だ。アイリーンの心の殻《から》を少しずつ壊していってしまう。

「アイリーン、何が欲しい？」

涙をたたえた目で見上げるとハロルドの情熱的な瞳とぶつかった。主はいつでも言葉と態度でアイリーンを求めてくれるのだと、何よりその瞳が雄弁に伝えてくれる。

導かれるように両腕を持ち上げた。広く逞しい背に回す。

「ハロルド様」

小さな囁きのような掠れた声で彼の名を呼ぶ。

「欲しい」と明確に言葉にすることは叶わないが、それだけでアイリーンの心を理解してくれたハロルドに唇を塞がれた。同時に今まで触れてもらえなかった胸の先端が硬い指先に摘ままれた。下着の隙間から蜜が溢れてひどいことになっているアイリーンの中へ、ハロルドの太い指が入り込む。

「んんっ！　ぁっ、ふ……んんんっ」

待ち望んでいた刺激を与えられ、身体が震えた。

突き落とされるように快楽の波に飲まれ、中に入ってきたハロルドの指を締めつけてしまう。びくんびくんと味わうように脈動するアイリーンの中を、ハロルドの指がぐるりと掻き回す。

「君は本当に不思議な女性だな」

「ん……っ、ぁあ、ふっ」

「応えてくれたかと思えば逃げていくし、いっそのこと手折ってしまえと激情に駆られてひどいことをしてしまったというのに、泣き暮らしているわけでもない」

「ああっ、そ……そこ、はっ……ハロルドさまっ」

机に上半身を倒させられ背中にハロルドの舌が這うのを感じながら、机と身体との間に手を差し入れられ胸の尖《とが》りを硬い指先で摘まんで押し潰された。ハロルドにされることすべてに身体が敏感に反応する。とろりと秘めた場所から蜜が際限なく溢れてしまう。

ハロルドに与えられる媚薬の量は日毎に減り、今はもう一口、二口程度の量だ。ほとんど媚薬を使用していないというのに、こんなにも蜜をこぼしてしまうのはなぜだろう。

肌を撫でる柔らかな唇と熱い舌。硬い指先。低い声。

そしていつの間にか馴染んでしまったハロルドの匂い。

全てがアイリーンの身体の熱をじわじわと高めていく。

「こうして触れれば中は柔らかく締めつけてくる。……君に求められているのだと勘違いしてしまいたくなる」

「ああ！　っ……、あ、んん……だめっ、ぁあんっ」

つぷんと再び指が秘部に侵入してきた。ハロルドの言う通りそこは柔らかく、彼を迎え入れようと蠕動しうねっている。ぐるりと掻き混ぜる指に中を刺激されて、アイリーンは嬌声を上げながら腰を揺らめかせてしまう。

欲しいのだと、心よりも身体が主張する。

求めているのだ。

言葉よりも正直に。

「ハロル、ドさまぁっ……ん、ふ……あ、ああっ」

名を呼んだ声は甘えの響きを帯びていた。ハロルドはその甘い嬌声に応えるように指を引き抜くと、濡れて役目を果たせなくなっていた下着を摑んで下した。熱く蕩けきったそこに己の硬い先端を宛てがい、ぐうっと腰を押し進める。

苦しくはあれど、その硬く大きなものをアイリーンの泥濘は抵抗なく飲み込んでいく。

まるで欠けた一部が埋められていくような錯覚すら覚えてしまう。

スカートを捲《め》くられ白くまろやかな尻を恥ずかしげもなく突き出し、アイリーンは歓喜の吐息をこぼしていた。

ハロルドによって慣らされた身体は、彼の思うがままに感じさせられてしまう。彼の太

く傘の張った先端で入り口を引っかけるように抜き差しされるのも、円を描くように身体の奥を揺さぶられるのも。

何もかもがアイリーンの身体を震わせる。

肌のぶつかる音と自らからこぼれ出る水音。

そして低いハロルドの声。耳からも刺激され、頭の中までめちゃくちゃにされるような錯覚を起こす。

腰を掴まれて揺さぶられながら、後ろを振り返った。ハロルドが眉間に皺を寄せ、はだけた胸元から覗く鍛え上げた筋肉に汗を流しながらアイリーン同様に熱い呼吸をしている。

寡黙であまり表情を変えることのないハロルドのそんな姿に、アイリーンの胸はきゅうっと切なくなる。それもこれも全て、自身を求めてくれているがゆえのことなのだと。

「っ……そんなに締めつけるな……」

くっと息を詰めたハロルドが責めるような視線を向けてくる。

「俺の顔を観察して締めつけるとは。いったい何を考えた？」

ハロルドはアイリーンの身体を起こすと、そのまま椅子に座って膝の上に乗せた。

「え……ひゃぁんっ」

自重でより深く、ハロルドの硬いものを咥えこまされる。リンっという音と共に目の前に星が瞬いた。

「はっ……！　ぁ、ああっ」

荒い息をつくアイリーンの耳にハロルドは楽しそうな声で囁く。

「また締めつけてくる。本当に君の中は貪欲で素直だっ」

「ぁあっ！　あ、あっ……ひっ、ぁぁあんっ」

ハロルドの大きな手に太ももを掴まれ、はしたないほどに脚を大きく広げさせられる。恥じらう間さえ与えられず、下から突き上げられた。今まで到達したことのない奥まで抉って擦られ、アイリーンの口からこぼれるのは嬌声だけだ。ハロルドの名前を呼ぶ余裕すらなくなってしまう。

下腹部に急速に熱が集中する。背中に感じるハロルドの体温が気持ちいい。揺さぶられるたびに首輪の鈴がリンリンと音を鳴らして、アイリーンから正常な思考を奪っていく。

「も……っ、もうっ……っぁあ！　も、うっ！」

「ああ、好きなだけ達していいっ」

切羽詰まったアイリーンの訴えに応えるハロルドの声にもいつもの余裕はない。

まるで何かを堪えるような切迫したハロルドの声に、身体の奥がきゅんと痺れた。それがきっかけとなって、彼の硬いモノを咥え込む秘部に力が入ってしまう。感覚が一点に集中して、そして弾けた。

「あああー！　あっ！　ああ……っ、ん、ぁあーっ」

びくんびくんと何度も身体が跳ねる。

ハロルドはアイリーンの身体を強く抱き締め、そして中の剛直を震わせた。熱い奔流がアイリーンの奥に向かって解き放たれる。その脈動にアイリーンの身体がまた押し上げられて、幾度となく快感の頂点を味わわされた。

どれくらいの時間、ハロルドに抱き締められたままでいただろうか。

ぼんやりとしていた意識がだんだんとはっきりしてくる。膝に乗せられた姿勢のままで、ハロルドに寄りかかっていたらしい。身体に回された腕の力強さに安心する。

「……ん」

もぞりと動けば、開かれた脚の間からどろりとしたものが溢れる感触に震えてしまう。何度経験しても慣れる気がしなかった。実を結ぶことなく流れ落ちる種を、まるで他人事のようにもったいないと思ってしまう。

そっと脚を閉じ、そこから意識を逸らした。燭台の炎がゆらゆらと揺れている。

アイリーンを解放する気配がハロルドから感じられない。

顎を摑まれ後ろを向かされた。何かを言う前に唇を塞がれる。

「ん、……ぁんっ」

「寝るにはまだ早いだろう？」

ハロルドはそう囁きながらアイリーンの胸を大きな手で覆う。きゅうっと先端を摘まれると、彼のものだけではない液体がとろりと太ももを伝っていく。

はいともいいえとも音にならず、返事はハロルドの唇によって封じられた。

◇◇◇

ハロルドがいるか、いないか。

アイリーンにとって、塔での生活はそれだけで占められている。

ハロルドはいままで城にいた時間のほとんどを東の塔で過ごしているが、辺境伯である彼は仕事で数日間城を空けることも珍しくはない。塔で過ごすようになってからもそれは変わらなかった。必ず事前に何日程度不在となるのかおおよその予定を教えてもらえるため、アイリーンがハロルドの不在を不安に思うことはなかったが、不在前日の夜には先の数日分も兼ねるかのように激しく求められる。

だが単調な日々に最近は少しずつ変化が生まれていた。

「『城、掃除、洗濯』……ええと」

「料理」

「これが『香茶』で、これが『石鹸』、ええとこれが……」

二種類のカードを一生懸命アイリーンは見比べる。

アイリーンが手に持つカードには簡単な絵が描かれ、ハロルドの執務机に並べられたカードには文字が書かれていた。

どちらのカードもハロルドがアイリーンのために用意してくれたものだ。

「あ、わかりました。『ブラシ、ホウキ、チリトリ、布巾』」

文字を教えると言ったハロルドの行動は迅速で、翌日にはたくさんの紙に絵と文字を書いてくれた。絵と文字を見比べながら覚えるといいと説明された。

そしてアイリーンが何日かその紙とにらめっこをして少し見慣れたところで、ハロルドは絵と文字を切り離してカードにしたのだ。今は絵の書かれたカードを手に持ち、その絵の示す文字の書かれたカードを探している。

バラバラになった絵と文字を組み合わせるのはアイリーンにとって簡単ではないが、遊びのような感覚で楽しみながら勉強することができる。

カードに書かれている単語はどれもアイリーンにとって馴染みのある言葉ばかりで、そんな配慮にハロルドの優しさを感じていた。

ただカードには少し難点があり、ハロルドの書く文字が力強く綺麗であるのに対して、絵のほうはカードを置く方向を間違うと何が描かれているのか首を捻ってしまうような少し歪《いびつ》なものが多くある。絵を描くことはそんなに得意ではないようだ。

自分でもそれを自覚しているようで「判別できればそれでかまわんだろう」と仏頂面で手渡してくれたのだが、彼の耳たぶがほんの少しだけ赤くなっていたように見え、アイリーンの心は喜びに満ちた。

わざわざ手間をかけて自分のために準備してくれたのが嬉しい。それなのに、ありがとうございますという言葉以外に感謝の気持ちを表現できないのがもどかしい。

文字の勉強をするときやハロルドが東の塔の執務室で仕事をするときには、彼の膝に乗せられるのには困ってしまうが、最近は少し麻痺《まひ》し始めたのか膝の上にいることが日常になりつつある。

「ええと『モップ』は……これだったような」

並べられた文字のカードから一枚を手に取ると、ハロルドがコツンと端のほうに置かれていたカードを叩いた。

「今手にしたのは『カップ』で、『モップ』はこっちだな」

「……申し訳ありません」

「謝る必要はない。間違える回数もだいぶ少なくなったし、悩む時間も短くなった」

何度か同じ間違いをしているアイリーンが肩を落とすと、ハロルドが優しく頭を撫でてくれる。大きな手がアイリーンの長い髪をさらさらと揺らす心地よさに、落ちた気分も持ち直した。

「そろそろ読むだけではなく書くほうも覚えるか？」

「は、はい」

「そんなにかまえる必要はない」

難易度の上がった提案にアイリーンが背筋を伸ばすと、ハロルドは小さく笑む。

ハロルドには造作もないことなのかもしれないが、アイリーンにはそうもいかない。

村で唯一文字を読むことができた村長の一家も、書ける文字は自分たちの名前だけだった。それだけ書くことは難しいのだろう。

真剣な顔をしたアイリーンの前に、リボンをかけた白く細長い箱がコトリと置かれた。

「これは？」

「開けてみろ」

アイリーンは首を傾げながら、箱にかけられていたリボンを解く。箱の中には白い軸のペンが入っていた。

「……これ、ペン……ですか」

「ああ、君のためのペンだ」

見覚えのあるデザインに言葉が詰まる。ハロルドの大きな手に馴染んでいる黒いペンよりも少し細いが、黒と白で対比させた同じデザインのものだというのが一目でわかる。

「君には白のほうが似合うと思ったが、俺と同じものは嫌か？」

「嫌だなんて……っ、そんな」

嫌だと思うはずがない。首を横に振って否定する。

けれど簡単に受け取れるはずもない。主であるハロルドと揃いの物、など。

畏れ多くて慄くアイリーンにハロルドは箱からペンを取り出すと、インクの付け方などを丁寧に説明してくれる。

アイリーンは内容を聞き漏らさないように必死だった。

「ほら、実際に書いてみるといい」

「は、はい」

ハロルドから手渡されたペンを両手で受け取った。

彼の大きな手の中では頼りなく華奢《きゃしゃ》に見えたが、アイリーンの細い指先に誂えたようにぴったりだった。いや実際アイリーンのために誂えたのだろう、それくらいはわかる。咎める者などここにはいないとわかっているが、本当に受け取ってしまっていいのだろうか。それとも返すほうが無礼だろうか。

答えは出ないが、遠慮するタイミングを失ってしまった。

ぎこちなくペンを握ったアイリーンの手をハロルドの手が覆う。

「そんなに力を込めて握り締めなくていい。スプーンを持つのと同じようなものだ」

ハロルドがわかりやすくペンの持ち方を教えてくれる。

アイリーンは新しい紙にペン先をつけた。震えて弱々しい線が一本引かれる。たったそれだけで、アイリーンの口から緊張のため息がこぼれた。

ハロルドは小さく頷くと、『ホウキ』と文字が書かれたカードを手に取った。

「まずここら辺から書いてみるといい」

「……あの、書けるようになりたい字があるんですけど」

「ん？」

珍しいアイリーンの主張にハロルドが視線を向けてくれる。覚えたいという意欲をハロルドが否定することはないだろうが、願いを口にするのは緊張する。

「〝アイリーン〟と、自分の名前を書けるようになりたいです」

「気がつかなくてすまない。確かに書く機会が多いのは名前だな」

紙にさらさらとお手本を書いてくれるハロルドの横顔を盗み見る。

ハロルドが初めて読み方を教えてくれた文字はアイリーンの名前だ。

『アイリーンという名前はこう書く。ちなみにハロルドは、こうだな』

慣れた手つきでよどみなく書かれた名前。ハロルドの名前と並んで書かれている、それだけでアイリーンにとっては自分の名前が特別に思えた。

もし文字を書く練習をするならば、名前からがいいと思っていたのだ。

ハロルドがお手本に書いてくれたものを見ながら、アイリーンは名前を書く。

意気込みに反してペン先が紙に引っかかり、ところどころでインクが滲んでしまっている。ずいぶんと不格好な文字だ。むぅ、と思わず唸る。

「字を書くのって難しいんですね」

「初めから何もかもうまくやろうとする必要はない。そうだな、目標があればやる気も出るんじゃないか？」

「目標？」

確かに漫然と学ぶよりは目標があるほうがいいのかもしれない。

何を目標にするか考えるが、とっさには思い浮かばない。二十年間、文字が書けなくても特に不自由なく暮らしていたのだ。

「焦《あせ》る必要はない。続けていくうちに目標も自然と見つかるだろう」

アイリーンをまっすぐに見つめながら、ハロルドは静かに諭《さと》す。

ハロルドは決して急かしたりせず、アイリーンのペースで覚えるのを見守ってくれている。その優しさに胸が温かくなる。多忙なハロルドが自分のために、手間と時間をかけてくれているのだ。きちんと文字が書けるようになりたい。

ふとシンディーが婚約者へ手紙をよく書いていたことを思い出した。

「私、ハロルド様に手紙を書きたいです」

「俺に手紙？」

アイリーンは思いついたままに口にすると、ハロルドが不思議そうに繰り返した。

「せっかくならハロルド様へ書いてみたいなって思ったのですが、駄目でしたか？」

シンディーは婚約者からの手紙を受け取ったときだけでなく、手紙を書くときも楽しそうにしていた。アイリーンはその様子を微笑ましく思っていたのだ。

「こうしていつも側にいるのに、手紙など必要か？」

「それはそうなんですけど……」

素敵だと思ったのだけどと、しゅんと肩を落として俯いたアイリーンにハロルドが笑った気配がした。顔を上げたときにはもういつもの顔に戻っていたが、視線が柔らかで優しい気がする。

「駄目なことなどありえん」

「本当ですか？」

「楽しみにしている」

何を、などという無粋なことは聞かずともわかった。アイリーンの願望かもしれないが、ハロルドの視線に照れや期待が込められているような気がする。ハロルドに抱き締めてほしいような、それよりも抱き締めたいような、なんとも言い難い衝動が湧き上がってぐっと抑え込んだ。

「私、頑張りますね」

「ああ。俺もできる限りの協力をしよう」

「ありがとうございます」

目を細めて小さく微笑むハロルドの期待に応えたい。

手紙には何を書こうか、そう考えるだけで気持ちが浮き立つ。名前を書くだけで精一杯のアイリーンが手紙を書けるようになるのがいつになるのかもわからないのに、子供みたいにわくわくしてくる。

目標を持つというのは確かにすごい。

早くハロルドに手紙を出せるようになりたい。ハロルドに渡すのならば、みっともない文字でなんて書きたくない。ハロルドに褒めてもらえるくらいに綺麗な字で、そして喜んでもらえるようなことを書きたい。

「字の練習をたくさんしたくなりました」

「そうか、だが焦る必要はない。ゆっくりとアイリーンのペースでやればいい」

「わかっています、でも早くハロルド様に手紙を送ってみたくて」

真剣な顔をして名前の練習を始めたアイリーンの耳に小さな笑い声が聞こえた。振り向くとハロルドがくつくつと笑っている。声を上げて笑うハロルドという、恐らく自分だけが見ることのできる珍しい光景に目が惹きつけられた。

「何か変なことを言ってしまったでしょうか」

「すまない、君があまりにも素直で可愛らしくて、つい笑ってしまった」

「か、かわっ……」

まっすぐな言葉に声を失うアイリーンを見て、ハロルドは笑みを深めた。

「手紙など仕事でしかやりとりをしたことがなかったが、そんなにも嬉しそうな顔をされるとこちらにも伝染してくるな」

「ハロルド様は私的な手紙のやりとりはしたことがないんですか？」

「ない」

きっぱりと告げられた一言に自分が一番最初なのだと嬉しくなったが、以前ハロルド宛ての手紙を配達員から受け取ったことを思い出し肩を落とした。

「私、貴族のご令嬢から届いたお手紙をお預かりしたことがあります……」

「あれらはただの機嫌伺いだ。俺個人に宛てたものではなく、オールドフィールド辺境伯という肩書きを持つ貴族へ送られたもので、それ以上の意味はない」

「……ルシア様からの手紙も、ですか？」

その名前を口にするとお腹に力が入る。

声が一瞬震えた気がしたが、ハロルドには気づかれずにすんだようだ。

「同じことだ。俺個人に宛てたものではない。君が一番最初に書く手紙は、俺が初めて受け取る個人的な手紙となる」

アイリーンが強張らせていた頬を緩ませて小さく頷くと、ハロルドは太い腕でぎゅうっと抱き締めた。

「ハロルド様？」

「少しだけ、このままで」

「……はい」

アイリーンがおずおずとその広い背に手を回すと、ますますハロルドの腕の力が強くなった。苦しいくらいに抱き締められる。

ハロルドの空気は優しく甘く、溺れてしまいそうなほどだ。

ああ、と聞こえないくらいの小さなため息をもらす。抱き締められるたびに、アイリーンの中の硬い殻が少しずつ解けていく気がした。

結局アイリーンに残ったのはハロルドを好きだという気持ちだけだ。

この塔にはハロルドとアイリーンしかいない。身分も立場も関係がない。こうして触れ合っていても咎める声はどこからも聞こえない。

「ハロルド様」

そっと囁くような小さな声でも主は聞き漏らすことはない。腕の力が緩み、その顔を見上げることができた。

「……口付け、を」

耳まで赤く染めながらねだったアイリーンに、ハロルドはそっと顔を寄せてくれる。

最初は触れるだけ。

二度三度と繰り返されると、アイリーンの肩と唇から力が抜ける。その隙にハロルドの舌が侵入する。こうなるともうアイリーンには翻弄されることしかできなかった。

「大丈夫か？」

「……はい」

ハロルドに問いかけられたときにはくったりと力が抜けてしまい、その分厚い胸に身体を預けていた。結われることのなくなった髪をハロルドにゆっくりと撫でられる。その大きな手が心地よくて、ため息をついた。

第五章　初恋

ハロルドがアイリーンというメイドの存在に気づいたのは、些細なことだった。

寝室のベッドにかけられた真っ白なシーツの端が破れていることに気がついたのがきっかけだ。

気づいてしまったからには部屋を担当した者に注意をしなくてはならない。ハロルドが家督《かとく》を継いでから城で働くようになった使用人達に自分が恐れられているのはわかっている。口調と目つき、それに表情も威圧的で恐ろしいらしく、ただ注意をしているだけなのだが厳しく叱責されたと受け止められてしまい、辞めてしまう使用人が多い。

使用人が辞めれば、また新しく雇わねばならない。新しく雇った者を教育するのも時間と手間と費用がかかるため、すぐ辞められてしまうと損失となる。

また使用人を辞めさせてしまうかもしれないと思わなくもないが、注意しないというわけにもいかず、メイド長を通じて担当者を呼び出した。

メイド長に連れられてきた栗色の髪を結い上げたメイドは、まだ幼さが抜けきっていない顔を強張らせて、ぺこりと素直に頭を下げた。

いままでの使用人と違い、怯えて青ざめたり口籠ったり黙り込んだりすることなく、叱られた反発心も感じられなかった。

眉尻を下げて素直に謝る姿に内心意外に思う。

「ハロルド様」

怒りと呆れを顕《あら》わにしたメイド長が腰に手を当てて、一人掛けのソファーに座っているハロルドをじっとりと睨んできたのは、その若いメイドを下がらせたあとだった。

「おっしゃっていることに間違いはございませんが、もう少し物言いをやわらげてくださいませ」

カロンと涼しげな氷の音を鳴らしながら寝酒の入ったグラスに口をつける。寝る前にその日の気分に合わせた酒を嗜むのはハロルドの数少ない楽しみだ。

「まったく。先代のお人当たりのよさを見習ってくだされぱいいのに」

小言を聞き流すハロルドに、メイド長はわざとらしく大きなため息をついた。

先代当主――ハロルドの父親は物腰柔らかな男で、使用人のミスや失敗も叱責することなく笑って流していた。

だが、それが表面上だけであることをハロルドは知っている。

父親は使用人を叱責などしなかったが、失敗を重ねる者は適当な理由をつけて解雇していた。オールドフィールド家の先代当主は、決して他者を許容せず、容赦というものがない男だった。

父親がそういう男だったせいか、それとも典型的な政略結婚だったせいか。当主夫人である母親と冷えきった関係だった。母親はハロルドという跡継ぎを産むと、男を作って逃げ出した。子を産んだあと身体を弱らせて当主夫人は亡くなったという扱いにして、父親は体面を保つことを選んだ。母親の部屋に隠すようにして残されていた日記からの推測でしかないが、大きく間違ってはいないだろう。

そして父親は幼い息子を執務中も自分の傍《かたわ》らに置いて学ばせ、領内視察で城を離れるときも一緒に連れて行った。

そのおかげもあり父親――先代当主は、妻亡きあと一人で息子を跡継ぎとして育てる素晴らしい人として、使用人や領民から評価されている。

実際には文字通り己の横に息子を立たせていただけ、視察にも連れて行っただけ。何をしていのるか、どういう理由でどのような判断をしているのかなど、父親がハロルドに説明することも指導することも一切なかった。

今のハロルドがオールドフィールドの領主として、国境を守る辺境伯として在ることができているのは、自分で必死になって調べて学び、様々な資料から推測して領民と国のためになることを探して考えることを繰り返してきたからだ。

ハロルドにとって父親は決して尊敬できるような人物ではなかった。先代を見習えと言われるたびに、複雑な気持ちになる。個の感情よりも公の利益を選択すべきだと理解はしているが、どうしても父親に対する嫌悪感が拭えない。

だが、使用人に対する外面のよさくらいは見習うべきなのかもしれない。そうすれば、少なくとも使用人を怖がらせて辞めさせずにすんだだろう。

「そういえば先ほどのメイド、名は？」

「アイリーンと申します。……ハロルド様が使用人の名前を気にされるなんてお珍しい」

メイド長の小言を終わらせるために訊《たず》ねただけが、アイリーンという名は心地よくハロルドの耳に響いていた。

「美味いな」

口に含んだ香茶の美味しさに、思わずぽつりと言葉がこぼれた。味だけでなく、香りも損なうことなく淹れられた香茶にほう、と感嘆のため息をついた。

こんなに美味しい香茶を飲んだのはいつぶりだろうか。

「え？」

小さく驚く声に顔を上げれば、ティーポットを手にしたメイドが目を丸くしている。栗色の髪を結い上げている姿に見覚えがあると記憶を探れば、先日シーツの件で注意した少女だった。辞めずに仕事を続けていたらしい。

珍しい子だなと思う。執務室でハロルドの世話を担当する使用人は皆怯えて強張った表情をしている。この少女は慣れない仕事に緊張しているようだが、ハロルドを恐れて怯えているようには見えなかった。

「この香茶は君が淹れたのか？」

「あ、はい」

「そうか、美味いな」

昨日までハロルドの香茶を淹れていたメイドは何度注意しても、香茶を蒸らす時間を覚えることができなかった。飲めないほど不味《まず》いわけではないが、到底客に出せるものでもなかったのだ。

「昨日までとは雲泥の差だ。そういえば、昨日までの――」

「あの、辞めてしまいました」

問いかけようとすると、遮るように答えられた。そうか、と頷く。今さら驚くこともないが、感じることがないわけでもない。

ため息をつくかわりに、香茶を飲み干す。美味いな、と再度思った。

「君は香茶を淹れるのがうまいな。次も君が淹れてくれ」

「ありがとうございます」

栗色の髪をしたメイドは驚いたような顔をして、そして微笑んだ。

その柔らかな笑みに思わず目を奪われる。

――このメイドの名は、確かアイリーンだったろうか。

この日以来、ハロルドは香茶を飲みたいとき、栗色の髪をしたメイドを指名するようになった。その影響か、彼女がハロルドの身の回りの世話をすることが増えたようだった。

「メイドのヒルダさんは初孫が産まれたそうですよ。男の子だって言っていました」

「クスタインさんは料理人で、最近の悩みは窯《かま》が古くなって火力が弱まってきたことだって話していました」

「今年の薔薇《ばら》は最高だって、庭師のローレットさんが言っていました。真っ赤な薔薇が鮮やかに咲いていて、すごくキレイでしたよ」

彼女が香茶を淹れる担当になるたびにハロルドが声をかけると、最初こそ緊張していたが次第に自然体で話をしてくれるようになった。城で働く使用人たちとよく交流しているらしく、色んな話を聞くことができた。ハロルドだけでは知り得なかったことばかりだ。

相変わらず城で働く使用人とはうまくいかないことが多いが、少しは彼らのことを身近に感じることができるようになったと思う。

メイドのヒルダにはまとまった休みを取らせ、窯は新しく変えた。仕事の息抜きにと城の庭園を散歩した。咲き誇っている薔薇は確かに見事なもので、目を楽しませてくれた。領主としての義務に追われる日々で、こんなふうに花を愛でて楽しむなど生まれて初めてのことだ。

彼女との交流はハロルドの胸を温かくしてくれ、肩の力をゆるりと抜いてくれる。己に課せられた役割でただの義務でしかなかった領主の仕事も国境を守る辺境伯という立場も、彼女のような人々の生活を守るためにあるのだと気がつくことができた。

まるで世界が新しく生まれ変わったように思える。

いつしか栗色の柔らかそうな髪を結い上げたメイドの姿を探すようになっていた。

ふとした瞬間、彼女の素直な笑顔や他愛ない話を楽しそうに話す声が脳裏に蘇る。

だからだろうか、彼女の不調に気づくことができたのは。

ふぅ、という小さなため息が耳に届き、気になって寝室を覗いてみれば、栗色の髪のメイドがベッドのシーツを取り替えていた。

妙に赤い頬と僅かに潤みを帯びた瞳を見て、ハロルドは逡巡すらせずに中に入った。

「体調が悪いのだな？」

「え？」

「風邪か？　失礼、触れるぞ……熱があるな」

有無を言わせずに滑らかな肌の額に手を当てると、明らかな熱を持っていた。

体調の悪いときは休めと言っても、体力に自信があると言い張って仕事を続けようとする。大人しそうな彼女の、意外に頑固な一面にハロルドはため息をついた。

さてどうすればいいのか。もっと強い口調で命令すべきか。

白く揺れるヘッドキャップを見下ろしながらの思考は長くはなかった。

笑顔を貼りつけてなんでもないふりをして、ハロルドの脇を通りすぎようとした彼女が目眩を起こしたかのようにふらりとよろけたからだ。とっさに手を伸ばして、彼女の体が床に倒れ込む前に抱きとめた。

「君は無理をする質《たち》なのだな」

「す、すみません」

膝裏に手を入れて彼女の身体をすくい上げた。軽い、と驚く。重そうな布地のメイド服の下は、こんな華奢な身体だったのか。

「お、下ろしてください」

「駄目だ。このまま君のベッドまで連れて行く」

まだ仕事をする気なのか、シーツを腕に抱え込んだままだ。彼女の細い手からシーツを取り上げ床に放る。手足をぱたぱたと動かして可愛らしい抵抗をしているメイドに、ハロルドはこれみよがしなため息をついた。

「体調不良の君に無理をさせなければメイドの仕事が回らないというのなら、それは君が悪いのではない。それだけ余裕のない状況にしてしまった主の俺の責任だ」

「そん、な。ハロルド様は」

「従わぬなら、実力行使に出るだけだ。俺のベッドに下ろして眠りにつくまで見張ってもいいのだが?」

そう低い声で言うと、彼女は両手でぴたりと口を押さえた。そんなにも自分の使っているベッドに寝かされるのは嫌なのかと、胸の奥がチリっと焦げた気がした。いや男の使っているベッドなのだから、拒否されて当然だ。慎《つつ》ましい女性であれば誰だって拒否するだろう。別に自分が拒否されたわけではない。それどころではないというのに、なぜか懸命に自分に言い聞かせてしまう。

メイドを抱えて歩くハロルドの姿を見かけた使用人達は驚愕の表情のまま固まっていた。通りすぎると背後からざわめく声が聞こえてくる。何か噂話でもしているのだろう。病人がいるのに騒がしい。しかし腕の中の彼女は気がつく様子もなかった。呼吸も苦しいのか眉間に皺を寄せ、くったりと目を閉じている。

やはり身体は辛いのだろう。それなのに彼女は常と変わらぬよう振る舞おうとしていた。責任感が強いというのもあるだろうが、無理をすることが当たり前だと染みついているのかもしれない。

無理なんかせずに自分を頼ってくれればいいのに――なぜかそう思った。

「ハロルド様、最近何かいいことでもありましたか？」

訓練を終え、タオルを差し出してきた副官のクヌートに問われた。

代々オールドフィールド家は国境を守る役目を担っているが、父親は剣を握ることも身体を鍛えることもしなかった。

オールドフィールド家の当主と嫡男が剣を手にして戦う必要はないというのが、父の持論だった。あくまでも司令官として軍を率いるべきであり、腕力ではなく適切な判断を下すための頭脳が必要とされるのだと。

ハロルドは辺境伯であるならば、司令官としての頭脳と統率力は当然持つべきもので、自身が戦場に立てるだけの体力と剣技も持っているべきだと考えている。

兵達と共に訓練をして汗を流すことで、信頼関係を築くことができる。実際、一度も訓練に参加しなかった父と違うハロルドを多くの兵が好意的に受け止め信頼をしている。

城の使用人達よりも、兵や軍人達とのほうがよほど近しい関係で、時に気安い会話をすることもある。

「いいこと、だと?」

渡されたタオルで汗を拭いながら首を傾げた。いいこと、と言っていいのかわからないが、確かにここ最近は己の内面に変化が起きている。

訝しげな顔をしている副官にどう答えようか考えていると、師団長のディーターが兵達の指導を終えて、訓練用の木剣をくるりと回しながら近寄ってきた。

へらりと笑う顔からは想像できないが、軍で一番の剣の使い手だ。戦場では馬を巧みに操り風のように駆け抜ける。

「ハロルド様聞いてくださいよー。オレ最近、片思いってやつをしてたんすよー」

ディーターは楽しそうに話し出す。必要最低限の会話しかしないハロルドとは違い、誰とでも気さくに会話をする親しみやすさで兵の信頼を得ている。クヌートと共に、軍に欠くことのできない人物だ。

「町の喫茶店で働いている子なんすけど、これがもう可愛くて可愛くて」

「さっさと告白して、落ち着くか振られるかしてくださいよ。タイミングを計っているうちに、知らない人にかっ拐われでもしたら笑えないでしょうに」

クヌートがうっとうしそうにあしらうと、ディーターはへらへらといっそう締まりのない笑顔を見せた。ピンク色のオーラを撒き散らしているようにさえ見える。

「なんと！　その彼女と付き合えることになったんすよ」

「ずいぶんと浮かれているな」

返事をしたハロルドに、クヌートがおやと表情を動かした。

「そりゃあもう！　めちゃくちゃ気分いいっすよ。今ならなんでもできる気がするっつうか。もうほんっと可愛くて可愛くて、できるなら毎日一緒にいたいんすよね」

軍属である限りその身は制限が多い。住む場所は宿舎と決められている。申請さえ出せば外出も可能だが、師団長ともなれば、軍の機密情報も扱うため自由はなおさら制限されてしまう。

かといって恋人を砦に呼ぶことは許されていない。今は落ち着いているが、国境はいつ戦乱の火蓋が切って落とされるかわからないからだ。

唯一の例外は結婚である。妻と子供だけは例外として砦内に居住することを許されている。妻子も軍属の夫と同じく簡単に外に出ることができなくなるが。

「結婚したいんすけどねー。さすがにまだ付き合って日が浅すぎるから待ってほしいって言われちゃって」

「お付き合いを始めて、まだいくらも経っていないからでしょう」

「まぁそうなんだけどよ。でも付き合ってから会えたのたったの二回だぜ？　二回！」

「そういえば休みの日でも訓練に混ざっていた暇人が、いそいそと出かけるようになりましたよね」

「そりゃあな！　会えるチャンスは少ないんだから大事にしないとだろっ」

浮ついた空気を隠しもしないディーターと面倒くさそうなクヌートの会話を聞きながら、ハロルドは兵たちの訓練を見守った。

「会える時間をせいぜい大事にすることですね」

「そりゃあ当然なんだけどよ。会えない時間がなぁ……。めちゃくちゃ可愛いから心配なんだよな」

「浮気でもされると？」

「いやそんな女じゃないけど。でも信用していても心配になっちまうんだよな。会えない寂しさを誰かにつけこまれるんじゃないか、とか」

「そんな心配してもキリがないでしょう」

「……あーあ、いっそのこと俺の部屋に監禁でもしてやりたいわ」

「そんなことしたら嫌われて終わりますよ」

「だよなぁ」

　ディーターのため息を聞きながら、恋愛というものはあんな無骨な男さえも浮かれさせ、監禁などと物騒な発想に至らせるものなのかと内心驚いていた。恋情、執着、独占欲……いずれもハロルドには経験のないものだ。そんなにも頻繁に会いたいと思う人も特にはいない。そう思うのに、なぜかハロルドの脳裏には栗色の髪のメイドの柔らかな笑顔が浮かんでいた。

　机の上に重ねられた書類の山に思わず目眩がする。

　仕事で城を空けると、すぐに書類仕事が溜まってしまう。領内にはそれだけハロルドの判断を仰がねばならない問題が山積みなのだから仕方ないが。今すぐ取りかかっても、一日では終わらないだろう。

そんな予想通りに昼を過ぎてお茶の時間になっても、書類の山は半分も減っていなかった。納められた税金の額や、各地から上がってくる要請書の精査と可否。ハロルドの判断のすべては領民の生活に直結している。気を緩めることなどできるわけがない。

栗色の髪をしたメイドが淹れてくれた香茶を一口飲む。いつもならそれだけで緊張感がほぐれるのだが、どうやら疲労がたまりすぎているようだ。深いため息と共に目元を揉みほぐしながら、ぽつりと呟いていた。

「……甘い物が欲しいな」

「え」

小さく驚いた声に気づき、ハロルドは顔を上げた。栗色の髪のメイドが瞬きをしながら小首を傾げている。

意識せずに口にしてしまった一言だった。彼女が驚くのも無理はない。

ハロルドは辛党で、甘い物は好まない。そのことはオールドフィールド城の使用人であれば誰もが知っていることだ。

「クスタインさんにすぐ用意できる焼き菓子を作ってもらえるようお願いしてきますね」

城で働く料理人の名前をあげられ、ハロルドは焦る。

「菓子など女子供の食べ物だ」と父親に言い聞かされた影響が大きいのだろう。ハロルドは幼い頃から甘い菓子を欲したことがない。大人になってからも、菓子は客人のために用意するものという意識が拭えない。自分のために菓子を用意させておこうという考えすらなかった。甘い物が欲しければ香茶に砂糖を入れればいいだけの話なのだから。

「なんでもない、忘れてくれ」

「疲れたときには甘い物を食べるといいって聞いたことがあります」

きょとりと首を傾げるメイドを見る。父親のような偏見の感情はどこにも見当たらない。疲労しているハロルドを気遣い、甘い物を勧めてくれているようだった。

彼女から向けられた気遣いと優しさに、ハロルドの中に沸き上がった感情はどのような名前をつければいいのだろう。

「……ならば特別に仕事を頼まれてくれるか？」

「はい」

ほんの少し緊張したその表情は、ハロルドが使用した『特別』という単語のせいだろう。

「街に行って有名な店で甘い菓子を買ってきてくれ。何を買うかは任せる」

ハロルドの依頼に彼女はなぜか嬉しそうに微笑み、力強く「はい」と頷いた。

ほんの小さな頼みごと。この依頼について秘密にするようにと命じてはいなかったが、彼女はほかの使用人には話さなかったようだ。まるでハロルドと彼女だけの特別な秘密のようで、心に温かい何かが満ちていくようだった。

◇◇◇

「そろそろルシアとの正式な婚約の話を進めないかい？」

オールドフィールドの城の客室で、少しばかりふくよかな身体をしたマリガン家当主の言葉に、ハロルドは眉間に皺を寄せそうになるのを堪えた。

メイド長曰く「愛想というものが剝がれ落ちた」無表情な顔で淡々と問い返す。

「婚約、とは？」

「君とルシアとの婚約だよ。もうルシアも適齢期だからね」

細い目尻を下げて、マリガンはにこやかに微笑む。彼はいつも穏やかだ。表面だけを取り繕ったハロルドの父親とはまったく異なる。その父親が生前に「マリガンの末娘とは年の頃もちょうどいい。嫁に迎えれば、マリガンとオールドフィールドとの関係も安泰だ」と言っていたことを思い出した。父親の勝手な希望だと聞き流していたが、まさか生前にマリガン当主にルシアとの婚約の了承得ているのだろうか。

「ルシア嬢との話は確かに父が望んでいたようですが、もしやそちらに打診をしておりましたか？」

「はは、君のお父上が息子に話しもせず婚約を結んだりするはずがないよ。婚約はそもそも私から打診したんだ」

「そうでしたか。しかしその話はお受けいたしかねます」

マリガン家の末娘、当主夫人に似たルシアのことは、ハロルドもよく知っている。マリガンに連れられて、この城に滞在したことも少なくない。珍しくハロルドをまっすぐに見上げて話す、天真爛漫《てんしんらんまん》な子供だ。

いや、子供だと思っていたが、いつの間にか適齢期になっていたらしい。考えてみれば、ルシアももう十八だ。自分が早くに家督を継いで大人の仲間入りをしたせいで、感覚が狂っていたようだ。天真爛漫なルシアを幼い子供だとばかり思っていたが、ハロルドと年齢はそう離れていない。

きっぱりと断ったハロルドに、そうかと小さくマリガンが頷いた。

「理由を聞いてもいいかな？　私は君とルシアの結婚には意味があると考えているし、君が懇意にしているご令嬢がいると聞いたことはない。社交界で君の人気が高いことは知っているし、婚約の申し出をいくつももらっているという話も聞いているよ」

社交界での人気とやらはわからないが、マリガンの言っていることに大きな間違いもない。ハロルドの元には、適齢期の娘のいる家から婚約の申し出の手紙がよく届く。

ハロルドにとっては、婚姻をきっかけにオールドフィールド辺境伯家との縁を得たい人間がたくさんいるというだけのことでしかない。

政略結婚全てを否定する気はないが、典型的な政略結婚の末に破綻した両親を持つハロルドが積極的に受け入れる気になれないのは仕方がない話だろう。

幼い子供だと思っていたルシアを今さら適齢期の女性として意識するのは難しいし、そもそもオールドフィールドとマリガンの関係は良好である。痩せた土地の多いオールドフィールドの土地はマリガンから仕入れる作物が必要であるし、軍を持たないマリガン家は隣国との防波堤としてオールドフィールド辺境伯が必要なのだ。互いに互いの必要性を理解し、尊重した関係を維持できている。

説明したハロルドに、マリガンはゆっくりと頷いた。

「なるほど。政略結婚に拒否感を抱く気持ちは仕方がないが、貴族である我々にとって、政略の絡まない婚姻は難しいんじゃないかい？」

マリガンの言う通り、貴族の婚姻に政略が絡むことは当然と言える。婚姻の影響は自分自身だけでなく領民にまで及ぶからだ。

「そもそも私は結婚をするつもりがありません」

「え？　いや、そういうわけにはいかないだろう？　跡継ぎを育てるのは我々の責務だ」

「跡継ぎが実子である必要を感じません。親族から優秀な養子をもらえばそれでいいと考えています」

　ぽかりと、マリガンが口を開いた。

　常に他人からどう見えるのかを計算していた父親と違い、こういった素直な感情を見せるあたりがこの男性の好ましさだとハロルドは思う。それはハロルドも持ち得ない、実にマリガンらしい人間味だ。

「君はオールドフィールドの血を絶やしてもかまわないと言うのかい!?」

「絶やすわけではありません。直系である必要性がないと考えているだけです。領主に必要なのは領地を治める能力であり、肉体に流れる血が直系か傍系かは関係ありません。親族から養子をとって跡継ぎにすることを、法で禁じられてもいません」

　人間である限り身体に流れるのは、貴族も平民も関係なく皆同じ赤い血だ。そのことを軍を率いるハロルドはよく知っている。

「君は変わっているね。そんな君だから、王太子殿下とも気が合うのかもしれないが」

　はぁー、とマリガンが感心したかのようなため息をついた。

この国の王太子殿下は変わり者として有名である。意味のない慣例を嫌い、効率を重視する。「王族だろうと貴族だろうと平民だろうと関係ない。能力のある者を重用する」という階級社会を揺るがす価値観を持つ彼が王になれば、この国を否応なしに変えていくだろう。変革を受け入れる者ばかりではないから、彼の治世は平穏ではないかもしれないが、ハロルドは彼の考え方を好ましく思っている。王太子殿下もハロルドの何が面白いのかはわからないが、王都に赴いた際《この》には必ず顔を見せにくるようにと命じられている。

「君の考えはよくわかった。私自身も君を気に入っていたから残念だが、ルシアにも伝えておこう。いやしかし、ルシアの落胆が目に浮かぶよ」

「ルシア嬢には私のような不愛想で無骨な男など釣り合いません。彼女にふさわしく、互いに思い合える相手と結ばれるよう願っております」

小さく頭を下げたハロルドにマリガンは微笑むだけで何も言わなかった。

マリガンを玄関まで見送ったあと、気分転換に中庭の花を眺めてから執務室に戻ることにしたハロルドは生け垣の向こうに人の気配に思わず足を止めた。

「ずっと好きだったんだっ」

「……えっ」

その告白を耳にして、その続きに聞き耳を立ててしまったのは、驚きと戸惑いを色濃く滲ませた女性の声に聞き覚えがあったからだ。

「あ、あの。それって私、を？」

「当たり前だろっ。ずっとアイリーンを見ていたんだ、好きだ！　付き合ってほしいっ」

勢いよく気持ちを叫ぶ年若い男はフットマンだったはずだ。アイリーンと呼ばれたメイドと同じ年頃だと記憶している。

「ここで働き始めてからずっとずっと、可愛いなって思っててっ」

「ごめんなさいっ」

捲し立てるような愛の告白を、アイリーンが遮った。

物静かで大人しそうな彼女は勢いに押されて流されてしまうのではないかと思ったが、明確な拒絶の言葉を口にした。ハロルドは詰めていた息を吐く。

「私、今はそういうことは考えられないんです。ここには家族のために働きに来てるだけなので、誰かと付き合うとかそんな」

「す、少しくらいっ」

「……ごめんなさい」

きっぱりとしたアイリーンの断りの文句に安堵した自分をハロルドは自覚した。なぜ安堵したのかと自問する前に、フットマンの告白の言葉が蘇る。

『可愛いなと思っててっ』

可愛い、だと？

確かに彼女の顔の造作はいい。貴族のように磨かれ洗練された美しさとはまた異なる、素材そのもののよさが光っていて可愛らしい。けれどそんなものは彼女の魅力の極一部にすぎず、少なくとも愛を伝えるべき場面に於いて一番に来るものではないはずだ。

フットマンの言葉選びに苛立っていると生け垣からこちらへ向かってくる足音が聞こえ、ハロルドは慌ててこの場所から離れた。これではまるで逃げ出すようだ。確かに聞き耳を立てていたが、あんな開けた場所で大きな声で告白などしているほうが悪い。ハロルドに殊更に疚しいことがあるわけではないはずだというのに。

カツカツと城の廊下を鳴らす靴の音が妙に響く。

何を動揺しているのか。そう考え、さらに足が早くなる。

動揺だと？　何を動揺などする必要があるのか。

使用人が他の使用人に好意を告げていただけ。それ以上でもそれ以下でもない。

なぜアイリーンというメイドが告白をきっぱり断った瞬間に安堵したのだろう。

子供だと思っていたルシアもいつの間にか成長し、婚約をするような年齢になっていた。

アイリーンは子供ではない、大人なのだ。いつ誰と恋仲になり結婚し、ここを離れていいっ

てもおかしくない。

アイリーンがいなくなる可能性に今さら気づく。

残念なほどに若い使用人の入れ替わりが激しいこの城で、彼女は長く勤めてくれている。

しかしそれは永遠にこの城で働き続けるということではないのだ。

なぜそんな当然のことに今まで考えが及ばなかったのか。

ささやかでなにげない、彼女との温かい時間はハロルドが求めればいつでもすぐに得られるものではない。どんなに得難いものか、己の二十五年を振り返れば簡単に想像がつくはずであったのに。

ああ、そうか、と。

それはストンと呆気《あっけ》ないほど簡単に、ハロルドの心に落ちてきた。

いや、もうずいぶんと前からそこにあったものに、やっと正面から向き合い、認めることができただけのこと。己の責務をこなすためだけに生きてきたハロルドにとって、その気持ちは柔らかくて温かくて妙にくすぐったかった。

アイリーンを特別に思っている。

それは恐らく一般的には恋愛感情と呼ばれる種類の気持ちで。

自覚してしまえばなんてことはない。今まで興味もそのつもりもまったくなく、一人で生きて一人で死ぬものだと思っていたが、彼女となら結婚したい。愛を誓い、寄り添い年を重ねていきたい。そんなふうに未来を共に歩めたら、それを「幸せ」と呼ぶに違いない。

急に周りの景色が明るくなったような、そんな気がした。

自覚してからの行動は早かった。想いを告げると、あのフットマンのようにすっぱりと断られなかったことに自信を持った。彼女の反応から嫌がられてはいないと感じ、思わずその唇に触れてしまった。つい調子に乗りその素肌の柔らかさまでも求めてしまったのはやりすぎたと反省したが、赤く頬を染める姿から嫌悪や恐怖は感じられない。ならば、アイリーンの心がゆっくりと自分に向くのを待とうと考えた。

アイリーンを腕に抱き、時には膝に乗せて柔らかな唇を味わう時間は何よりも甘美だった。しかしそんな甘やかな時間は、あっさりと終わりを告げた。アイリーンの「田舎に帰ります」という言葉によって、突然に。


カリカリと鳴っていた音が鈍い音と共にやむ。気がつけば用紙が破れ、ペン先すらひしゃげていた。これでいったい何個目だろうか。

物に当たる気など毛頭ないのに、無意識に力が入ってしまう。机の上には同じように潰れてしまったペン先が何本も転がっていた。

手を止め、大きな息を吐く。

常にやるべきことはきっちりと行う。それこそが課せられた領主という仕事であり、『ハロルド・オールドフィールド』としての存在意義だった。オールドフィールド家の跡継ぎとして生を受けたハロルドには逃げることもできぬ役目だ。

それが今はどういうことか。

恋にうつつを抜かし、振られただけでこんなにも情けなくなる。

振られただけなのだ。巷にはよくある話。ハロルドが意図せず盗み聞いてしまったあのフットマンの告白と何も変わりはしない。

ルシアに言い放った言葉が今さらに愚かしい。何が「想いの伴わない婚姻関係など利害関係にも劣る」だ。貴族の婚姻に個人の想いなどは不要だ。

恋愛感情に振り回され仕事に支障を出してはならない。ハロルドの決断の遅れによる被害を受けるのは領民なのだから。

他者と気持ちを通わせたいなどと欲することなく、大人しく養子を迎え今までと同じように一人で生きていけばよかったのだ。

こつりと指先で壊れたペンを小突く。ペンは転がっていたペン先にぶつかり、そしてまた隣のペン先へとぶつかっていく。そして壊してしまったペン先が床に落ちてしまった。

インクは乾いていただろうか。濡れたままであったなら絨毯が汚れてしまう。必要であればメイドに掃除を頼まねばならない。

そう考えてため息を吐く。つい先日まで、ハロルドの身の回りの世話はアイリーンが担当していた。それをいいことにこの閉ざされた執務室で何度二人きりの時間を楽しみ、口付けを交わし合っただろうか。

そんな胸の奥が熱くなる記憶と共にアイリーンの涙が脳裏に蘇る。ハロルドのことを好きだと言ったその言葉が。少しでも気持ちが通い合ったと思っていたのは、ハロルドだけだったのだろうか。なぜハロルドへの好意を抱きながらも離れるという選択となるのか。

どんなに考えても答えなど見つからない。

アイリーンの淹れた香茶もあの日以来飲めていない。いや恐らくはこのまま二度と飲むことはできないのだろう。香茶や酒の味、ベッドのシーツのかけ方、小さなことだが今までどれだけアイリーンが気を配ってくれていたかがよくわかる。

特に香茶はハロルドが休憩を取るのに合わせて絶妙なタイミングで淹れたてを提供されていた。他の誰にでも真似できることではないだろう。

酒も同じことだ。ハロルドが飲みたいと思ったものを的確に用意してくれていた。

口数が多いほうでもなく、決してわかりやすい部類ではない自分をこんなにも理解してくれた女性は他にはいない。彼女が理解をしてくれたのと同じだけ、果たして自分は彼女のことを理解できていたのだろうか。

ハロルド以外誰もいない静かな室内に低い笑い声が微かに響く。

「結局また、同じことを」

気を抜くと常に頭を巡るのはアイリーンのことだ。彼女のことばかり考えている。

アイリーンの存在で、ハロルドの世界は色を得た。光を得た。甘やかさを得た。鮮やかな五感を得たのだ。一度変えられてしまった世界は元には戻らない。ただ領民のためだけに生きていた頃へとは戻れないのだ。

ハロルドが初めて計算も打算もなく心から湧き上がる衝動のままに欲したのが、アイリーンだ。欲したことがないからこそ、失った経験もない。だからなのかもしれない、こんなにも求めてしてしまうのは。

「……覚悟を決めるべき、か？」

小さく音にし、己の声を耳で聞く。

自分は今どんな顔をしているだろうか。師団長のディーターが戯《たわむ》れで口にした不穏な一言がやけに耳に蘇る。

何を考えているのだ、自分は。ただの戯れの、雑談にすぎない言葉に。

そんなこと思考することすら許されない。

そのような、相手の人権すら踏みにじるような、そんなことは。

考えるな、と思うのに勝手に思考が回る。手のひらにじっとりと汗をかいている。

彼女の中で綺麗なだけの思い出にされるよりも、嫌われようとも彼女を近く留め置きたい。力ずくで引き止めることにより、彼女の心は永遠に失うだろう。だが初めて得たぬくもりを手放すくらいなら、嫌われ憎まれても彼女の手で刺し貫《つらぬ》かれて冷たい骸《むくろ》になるほうがどれだけ心が満たされるだろうか。

東西の塔であれば人が一人暮らすには充分な広さがある。少し手を入れ環境を整えてやれば問題はない。東の塔のほうが朝日も入り、気持ちがいいだろう。

彼女を住まわせるならば己の仕事もそこでできるように。

食事は城から運ばせるしかないか。塔の出入り口の鍵は特注のものを。窓には身投げを防ぐために格子を嵌めなければ。彼女に似合う衣服も揃えよう。

違う。違う、違う違う!!

そんなことは考えてはならない。

彼女の意志と尊厳を踏みにじって蔑《ないがし》ろにしてはいけないのだ。

ハロルドには力がある。それは権力という意味でも、優れた肉体という意味でも。力のある者はその振るい方には気を配らねばならない。強要された関係では長続きしないことは両親を見れば簡単にわかっていることだ。

それでも己の中の悪魔が囁くのだ。

身勝手すぎる考えだとわかっていても、アイリーンという女性はもう自分にはなくてはならない存在になってしまっている。

せめて彼女がハロルドから離れて幸福になれるのなら黙って見送ろう。もし彼女が己の心に負荷をかけ、ハロルドから離れようとしているならば――。

――彼女を力ずくでも手に入れる。

ハロルドは己の思考を嫌悪しながらも、うっそりと嗤《わら》った。

扉の前の気配に気がついたのは、気を張っていたからだろうか。ハロルドは私室で一人ソファーに座りながら、手元の書類に落としていた視線を扉に向けた。

こんな夜遅くにアイリーンを呼びつけたのは、想いを告げ結婚を申し込んだ日以来だ。

あの夜は柄にもなく緊張してアイリーンを待っていたが、どこかで浮かれていたような気もする。自分の中にこんな感情が生まれるとは、当時は想像もしていなかった。

入室を逡巡しているのか、いつまでたっても扉をノックされない。ハロルドの企みを気づかれ、警戒されているのかもしれない。

東の塔の改築は隠しようもない。城と繋がっている扉を頑丈にしたり、窓に鉄格子を嵌《は》めていることを、使用人達に知られれば不信感を持たれるだろう。古参の使用人の幾人かにはこのあとについて話もしている。くれぐれも他言することないよう命じているが、そのうちの一人でもハロルドを裏切りアイリーンに伝えていれば全ての準備は無意味になる。

扉を睨みつけていた自分に気がついて、目元を揉んだ。

アイリーンが何も知らないままでいてくれることを願いながら、同時にこのまま踵を返して部屋に戻ってほしいという思いがどこかにある。

「――今ならばまだ、逃がしてやれる」

静かな部屋で呟く。

昏い執着に衝き動かされながらも、理性と常識と、何よりアイリーンのためを思う純粋な愛情がハロルドの中には残っている。

周到に準備を重ねてきたが、まだ踏み留まることはできる。ハロルドが行動に移す前に逃げてくれるのなら、アイリーンが出身の村に帰ることで幸せになってくれるのだと確信させてくれるのなら、これ以上は追いすがらない。彼女を失えばハロルドの世界はこの先永遠に色を失ったまま空虚なものになるだろうが――。

ハロルドが今日に至るまで何度も繰り返している決意を改めて自分に言い聞かせると、控え目なノック音が聞こえた。入室を許可するとメイド服姿のアイリーンが緊張した面持ちでおずおずと扉を開く。

「失礼いたします」

「やっと入ってきたか」

このまま顔を見せることなく立ち去ってほしいと願っていたなどおくびにも出さず、揶揄するように口にした。頬を赤らめたアイリーンが「お待たせしてすみません」と頭を下げ、視線が外れる。

アイリーンの入室に安堵しているのかそれとも残念に思っているのか、自分の本心がどちらなのか判別をつけられないまま、書類をテーブルに置いた。

アイリーンに避けられていたせいで顔を見るのも久しぶりだった。丸みのある頬や柔らかい眼差し、何度も抱き締めた細い腰や軽い身体、そこにいるだけで温かな存在。

一目見ただけで自分の決意がぐらりと揺らぎそうになり、腹の底に力を入れて安易な欲望を戒めた。

「遅くに呼びつけて、すまなかったな」

準備していたことを実行しようとすると他の使用人が寝静まってからにするべきで、遅い時間を指定せざるを得なかっただけなのだが、ハロルドの真意を疑うことすらないアイリーンは小さく首を横に振った。

どうやら古参の使用人は誰一人ハロルドを裏切らなかったらしい。踏み留まるための理由の一つが消えたことを自覚しながら、アイリーンに対面に座るよう促した。

「私はメイドですので、このままで大丈夫です」

ソファーどころかハロルドの膝に何度も腰を下ろしていたというのに、まるでそんなことはなかったかのような物言いだ。心の奥底がジリ、と焦げた音がする。

遠慮は不要だと少し強めの視線を向けると、敏《さと》いアイリーンはおずおずと従った。入れ替わるように立ち上がると、事前に準備していた茶器を手にする。アイリーンが腰を浮かせた気配に、手で制す。今夜ばかりはアイリーンに任せるわけにはいかない。

ポットに茶葉を入れ、手早く香茶を淹れる。最後にアイリーンの視線を己の身体で遮りながら、懐から取り出した睡眠薬入りの小瓶をアイリーンのカップに傾けた。

一滴の雫が香茶に波紋を描き、ハロルドの決意にも躊躇いがざわりと広がった。しかし、つい今しがたアイリーンが取った心の距離に苛立ち、躊躇が薄れた。これだけでは足りるはずがないと、小瓶の中身を半分ほど香茶に混ぜる。このあと計画を中止することになったとしても、ただ眠るだけだ。問題はない。

「アイリーンが淹れてくれるものに比べると味は落ちるだろうが……勘弁してくれ」

「そんな……むしろ、畏れ多いです」

「君が飲んでくれなければ、これも捨てるだけだ。そのほうがよほどもったいないと思わないか？」

何食わぬ顔で会話し、アイリーンの前に置いた。緊張した表情でカップを見つめる様子に、何か警戒させるような不審点があっただろうかと思いながらソファーに座り直す。味や香りをごまかすために少し癖《くせ》の強い茶葉にしたのが気に入らなかっただろうか。

アイリーンの指先がそっとカップを持ち上げて口をつけた。こくりと、白く細い喉元がわずかに動く。

「とっても美味しいです」

「何よりだ」

純粋な笑みに頷く。

一口では足りないだろう。できればもう少し口にすると確実なのだがと見つめると、視線を逸らしたアイリーンが気まずさを誤魔化そうとでもしているのか、二口、三口と香茶を飲む。

カップの中身が半分ほど減ったあたりでやめようかと思ったが、中途半端な量で抵抗されるよりはいっそのこと深く眠ってもらったほうが都合がいいと思い直し、言葉を飲み込んだ。

睡眠薬入りの香茶を警戒することもなく、アイリーンはカップの中味を飲み干す。カチンと、空になったカップがソーサーに戻されたのを確認して、ハロルドは口を開いた。

「君がここにいるのも、残り数日か」

「……はい」

「結婚すると言っていたが、相手はもう決まっているのか？」

アイリーンが表情を強張らせる。

「いえ……。家業の手伝いをしようかと」

「そういえば聞いたことがなかったな。君の実家の家業は何だ？」

「家族総出で畑を耕しております」

「そうか。……それは大変だな」

オールドフィールド家の領地は痩せた土地が多い。本来、耕作には向かない地に根を下ろして村を作り、肩寄せ合うようにして暮らしている領民が多い。

アイリーンはそんな村の一つの出身だという。村で生きる者は閉鎖的だがそのぶん結束は固く、愛郷心が強い。彼女が「村に帰る」と主張するのはそんな背景があるからなのかと、故郷の話をするアイリーンを見ながら納得した。

「ここで働けることが決まったときも、みんなとっても喜んでくれました。『領主様にしっかりご奉仕してくるんだよ。私たちはアイリーンが帰ってくるのをいつまでも待っているからね』って言ってくれたんです」

「アイリーンは愛されていたのだな」

「若い人手は貴重ですから。特に私は女ですし」

苦笑とともに当然だというように言われた一言が妙に引っかかった。

「子を産むためか」

「はい」

ハロルドの問いにアイリーンがはっきりと頷く。瞳が悲しみに揺れて、何かを耐えるように細い指先がきゅうっと握り締められた。その様子は体調が悪いのに無理をして働いていたときと同じだった。与えられた役目を務めることのみ重視し、自らの身を犠牲にしようとしている。

ハロルドは自分の中に言い知れぬ感情が湧き上がっているのを感じた。

ただ若い女というだけで子供を産むために必要とされているだけ。どこにも〝アイリーンでなければならない理由〟がない。それなのに自分は彼女を諦めなければならないのか？　アイリーンは心も身体も、この先の未来も犠牲にしなくてはならないのか？

今までどんな理不尽があろうと感情を排して最適な選択を取ることができたはずだったのに、かつてない煮え滾《たぎ》るような怒りがふつふつと湧いてくる。

「……やはり、面白くないな」

不快感と怒りがありありと滲んでしまっていた。ハロルドの突然の変化に、アイリーンが驚きと戸惑いに細い肩を震わせる。

その目には今ハロルドが映っているが、それも残り数日のことだ。いや今日までアイリーンに避けられていたことを思うと、もしかしたらこれが最後になるのかもしれない。

「特に相手もおらず、ただ村のため道具のように子を成すために帰るというのか。俺を好きだと涙を流した君が」

絞り出すような声で「好き」だと言われた。震えた声と頬を流れる透明な涙。あれがアイリーンの本心で、村に帰ることが本意でないならば、これから先ずっと己の心を殺そうというならば。

――泣くのも心を殺すのも、俺の側ですればいい。

ハロルドの内に荒れ狂う激情に気がつき恐れたのか、顔を真っ青にしたアイリーンがさっと立ち上がった。

「私、もう失礼します」

「急に動かないほうがいい」

「……え、あ」

制御できない内面に反してハロルドの口から出た声は平坦だった。

アイリーンが戸惑ったようにこちらを見て、ふらりと身体を揺らす。足から力が抜けたかのようにソファーに崩れ落ちる。

「薬が回るぞ」

香茶に混ぜた睡眠薬はただでさえ効き目が早いのに、急に身体を動かせば全身に回る。ハロルドの遅すぎる忠告にアイリーンがこちらを見上げた。

「な……に」

急で強い睡魔に襲われているのだろう。声を出すことも辛いのかもしれない。瞼が落ちきる寸前、ハロルドを見つめていた瞳に恐怖の色がよぎったような気がした。

ソファーに力なく横たわり眠りに落ちたのを確認すると、部屋に置いてあるチェストの引き出しを開けた。箱の中から革製の首輪を取り出しアイリーンの元へと戻る。

頼りない蝋燭の灯りに照らされた頬を撫で白く細い首に触れ、きっちりと留められていたメイド服のボタンを外して首輪を一周させた。特注した赤い首輪をつけたアイリーンに己の中の何かが満たされ、自分が嗤っていたことに気がつく。

こんなことは狂っている。もう止めることはできない。

倫理を曲げようと何をしようと、アイリーンが欲しい。彼女だけは手放せない。

床に膝をつき、こつりと額を触れ合わせた。リン、と涼やかな音が鳴る。

「アイリーン、君はもう俺のペットだ。家族も故郷も、君を縛る何もかもを忘れ、俺のためだけにここで飼われてくれ」

第六章　激情

「こんなもの、かな」

アイリーンは明るい表情で満足げに頷いた。眼前には固く水気を切ったブラシで擦り上げたばかりの清潔な階段がある。やはり掃除をすると気持ちいい。

東の塔に囚われて以来、背に流していることが多い髪を今日は久しぶりに結っている。それだけではない。ドレスでもワンピースでもなくメイド服を着ていることが、アイリーンの心を浮き立たせていた。

城で働き始めた頃、支給されたメイド服の質がよく着心地がいいことに驚いたものだった。メイド服を汚すことが怖くて、仕事をするのもおっかなびっくりだったことを覚えている。

今ではメイド服に懐かしさと落ち着きを感じてしまうのだからわからないものだ。

ハロルドは昨日から塔には来ていない。辺境伯として国境を守っている彼は忙しい身だ。領主として領地を視察することもある。今回は三日ほど留守にすると言われている。彼が帰ってくるまでに、気になっていた箇所の掃除をしてしまう予定だ。

東の塔に使用人は常駐していないため、掃除されることのない部屋や階段の隅に少しずつ溜まっていく汚れがずっとずっと気になっていたのだ。

城の使用人はハロルドの仕事の書類や食事など、必要な物を届けたら即座に東の塔から離れるよう命じられているらしく、塔の中に入って掃除をする者はいない。

城でメイドとして勤め始めて鍛えられたからでもあるが、もともと綺麗好きのアイリーンにとって部屋の汚れを見ないふりをすることが難しかった。

数日前ついに我慢の限界を超え、字の勉強中にハロルドにメイド服と掃除用具が欲しいと頼んでしまった。

「私、欲しい物があります」

アイリーンがそう言うと、ハロルドは太い指で頬を撫でた。

「君が願いごとを言うのは初めてだな。何が欲しい？　自由以外なら、俺が与えられるものはなんでも用意しよう」

欲しい物があると口にしただけなのにどこか嬉しそうなハロルドに、アイリーンはきょとりと首を傾げた。

「掃除用具をいただきたいのです」

「掃除用具？」

ハロルドが目を丸くしてして瞬きをした。そんなに予想外だったのかと、ハロルドの毒気のない表情にアイリーンはなんだか可笑《おか》しくなってしまう。

「人が生活していると、綺麗に使っていてもやっぱりそこかしこが汚れてしまうのです。汚れているとどうしても気になってしまって。でも誰かに頼むわけにもいかないですし。駄目ですか？」

「メイドとして、君をここに置いているわけではない」

ハロルドは不機嫌そうな声で言う。アイリーンをメイドとして働かせたくないらしい。なぜそんなに頑《かたく》なにメイド扱いをするのを嫌がるのかわからないが、アイリーンはメイドの仕事に誇りを持っている。

アイリーンの仕事ぶりをハロルドが認めてくれたのだ。

それは至上の喜びであり、誇りとなった。ハロルドから与えられた評価の言葉は、一語一句たりとて忘れることなく覚えている。アイリーンだけの宝物だ。これから先、彼と離れることになっても可能な限り、ハロルドが認めてくれた自分であり続けたいという思いがある。

アイリーンの気持ちを知ってか知らずか、ハロルドはふいに表情をやわらげた。

「君が俺に初めてねだったものが『掃除用具』だとは。本当に君らしい」

いつになく柔らかい雰囲気に、アイリーンも嬉しくなってしまった。

掃除中にハロルドにもらったワンピースを汚してしまうのは嫌だと伝えれば、渋々ではあったがメイド服も渡してもらえた。

ハロルドが不在の昨日から、アイリーンは掃除をするために朝から動き回っている。

塔の中心には柱があり、その柱に沿うように螺旋状の階段と途中途中に部屋がある。全ての部屋の埃をはたいて、掃き掃除と拭き掃除をしたあと窓を開けて換気をした。

昨日も今日も天気がよくて助かったと思う。塔の窓には全て内側に格子が嵌められていたが、手を伸ばせば窓を開けることが可能だったこともありがたい。

塔の中を新鮮な空気が吹き抜けて、清々しい気持ちになった。ハロルドも戻ってきた際には気持ちよく過ごせるに違いない。

「あとはお洗濯ができればなぁ」

掃除用具を片付けながら、アイリーンはため息をつく。

塔内で出た洗い物や食事は塔の入り口にある受け渡しするための小窓であったり、時にはハロルド自身によってやりとりされている。

アイリーンからすれば、ハロルドとの夜の営《いとな》みで汚してしまったシーツなどを人に洗われるのは羞恥を越えて苦痛ですらあるのだが、塔には干し場がないため仕方なく諦めた。せめて塔の上に出ることができればいいが、アイリーンの身投げを警戒しているらしいハロルドが上に行く扉を厳重に施錠しているため不可能だ。

浴室があり、下着だけでも洗うことができる環境に感謝すべきだろうか。

つらつらととりとめもないことを考えながら、換気を終えた各部屋の窓を閉めていく。掃除を終えたら文字の練習をしようと考えながら——。

ハロルド不在三日目、朝から雨が降っていた。

少し肌寒い。ひんやりした空気に身を震わせ、アイリーンはベッドで身を起こした。塔の掃除も一段落して気が抜けたのか、今日は寝過ごしてしまったらしい。いつもであれば起き出して、着替えも終わらせている時間だ。そろそろ朝食が運ばれてくるだろう。アイリーンは食事を取りに部屋を出て、塔の螺旋階段を下りていく。

しとしとと小さな音が聞こえてくる。冷え込みそうな天気だ。

今日帰ってくる予定だと聞いているが、ハロルドは雨に備えて外套《がいとう》を持っているだろうか。彼は鍛えているから大丈夫だといつも言うが心配になる。雨に打たれて身体を冷やさなければいいが。

帰ってきたら温かいお風呂でゆっくりしてもらいたい。

そうだ、浴室を念入りに掃除しておこう。隅から隅まで磨き上げ、ハロルドが気持ちよく入浴できるように。

そしてベッドでぬくもりを分け合いながら、彼と共に眠りたい。

自然とそう考える自分に気づき、アイリーンは動揺した。

最近はペット扱いされることも媚薬を使われることもなくなったせいか、塔で彼と過ごす日々を享受し始めている自分に愕然《がくぜん》としてしまう。

いつの間にかハロルドと添い寝をすることに疑問を抱かなくなっていた。メイド服と掃除用具を与えられ掃除を許可された今、ハロルドが膝の上にアイリーンを座らせたがることだけが悩みだなんて呑気《のんき》なことを思っていた自分が信じられない。

身分差に怯え自分の気持ちに蓋をして、彼のためと言い訳をしながら離れようとしていたくせに——。

ふいに塔の扉近くの壁に作られた小窓がコンコンとノックされ、アイリーンはぶるりと身体を震わせた。リンと音が鳴る。慌てて鈴を押さえたが、扉の向こう側にいる人物に聞こえてしまっただろう。

アイリーンの臍の下くらいの位置にある小窓は、横長で高さはあまりない。蓋もされているので、持ち上げて屈まなければ小窓の向こうは見えない仕様だ。

小窓でのやりとりは、いつも全て無言で行われる。今日もいつもと何も変わらないはずだった。けれど小窓の向こうから部屋の中を探《さぐ》るような気配があり、名前を呼ばれた。

「アイリーン?」

「っ!?」

かろうじて声を出さずにすんだが、まったく予想もしていなかったことに思わず後退さって、またリンと鈴を鳴らしてしまった。はっと首元を押さえたが今さらだった。

「アイリーン、アイリーンよね!? そこにいるのよね、アイリーン!」

泣き出しそうな、そして隠しきれない喜びを滲ませた声で呼びかけてくるシンディーに、アイリーンは重い石を飲み込んだかのように心が重くなる。

――終わりの時が来たのだ。

同僚であり友人であるシンディーの声が震えている理由は、自分を心配してくれているからなのに。

「……シンディー」

観念して声を出す。

「アイリーン、やっぱり！　おかしいと思ったの。朝起きたら突然いなくなっていて、家に帰ったなんてっ!!　何も言わずに姿を消すなんてことありえないって思ってたのよ」

そうだろう。アイリーンの性格や普段の行動から考えれば、そんな不義理なことをするなんてありえない。親しい人であればあるほど、そう思ってくれるはずだ。

アイリーンが姿を消したと同時に、東の塔に籠もりきりになってしまったハロルドの行動。主に用意するよう申しつけられる食事の量や、洗濯するよう渡される女物の服と併せて考えれば、塔の中に女性を隠していると容易に推測できるだろう。

ああ、でも気づいてほしくはなかった。

アイリーンの気持ちに応えるように、リンと小さく鈴が鳴る。

「ごめんね、シンディー」

謝罪の言葉を口にする――なぜ気づいてしまったのだと、シンディーを責める気持ちを持ってしまったことを。

「アイリーンが謝ることなんて何もないわっ！　わかってる、これは全部オールドフィールド様がしたことでしょう？　こんな……こんなふうに人を閉じ込めるだなんてっ」

「違うの、シンディー」

「今すぐは無理だけれど、でも待っていてね！　必ず出してあげるわっ」

力強く約束してくれるシンディーに、アイリーンは「違うの」と再度口にした。

確かにきっかけはハロルドだった。

使用人の命を盾に逃げることも封じられ、薬を使われたあげくに身体を暴かれた。塔に閉じ込められ、抵抗すら許されずに関係を強要された。

塔での生活は、アイリーンの意思を無視する形で始められたことに間違いはない。

けれど、ハロルドから離れなければならないという思いを無意識に心の奥底に沈ませて、彼が自分に想いを向けてくれることを言い訳にして、ここから逃げ出すことはいつしか考えなくなっていた。

ここにあるのは、誰の目も気にすることのない、ハロルドと二人だけの世界。

身分差に怯えるアイリーンが密かに夢見ていたこと。

夢は、夢だと気づきさえしなければ、幸せなまま溺れていられたのだ。

でももう無理だ。現実から目を逸らしていただけだと自覚してしまった。

「アイリーン？」

「……ううん、なんでもない」

小さく首を振る。そのたびに涼やかな音が響く。

夢は覚めるものだ。

そのことはアイリーンが一番よくわかっていた。

アイリーンが東の塔にいることを、シンディー以外にも気づいている者がいるのではないだろうか。きっと、オールドフィールドの領主であり国境を守る辺境伯がすることだからと、見て見ぬふりをしているだけだ。

「鍵はハロルド様しか持っていないから、この扉は開けられないと思う」

「そんな……」

ハロルドが常に身につけ、携帯しているのだ。

この城の主はハロルドだ。他のことならともかく、この扉を開けるよう使用人に懇願されても耳を貸しはしないだろう。

ならば、ハロルドと対等に話すことができる外部の人間に頼るしかない。

だが外部に頼ってハロルドがメイドを監禁したと公になってしまえば、彼の名誉は著しく傷ついてしまうだろう。だからこそ、ハロルドを貶《おとし》めることなく、彼の名誉のために沈黙してくれる人に頼るしかない。

その人にはハロルドを想っている可愛らしい娘がいる。アイリーンにはできないことができ、ハロルドの隣に立つことができる女性が。

ジリリと胸が焦げるような想いを飲み込み、アイリーンはシンディーに話しかけた。

「ねぇシンディー。貴女の実家は商会よね？　仕事のつてで、マリガン家のご当主様にお手紙を渡すことはできないかな？」

「マリガンのご当主様に……？」

シンディーは僅かに間を開けたが請け負ってくれた。

「わかったわ。お父様に頼んでみる。直接は無理でもきっとどうにかできるはずよ。ううん、どうにかしてもらうわ」

「ありがとう。あとお手紙も代筆してくれる？　ほんの少し読むことはできるようになったけど、まだ書くことはできないの」

それくらい簡単なことだわと、力強く応じてくれる。今は何も用意がないからお昼にまたという提案に、向こうからは見えないとわかりつつも頷いた。

「アイリーン、オールドフィールド様にひどいことされてはいない？」

「大丈夫」

ひどいことをされていないとは言えない。アイリーンの身体はもう開かれて、二度と村に帰ることは叶わないのだから。家族に合わせる顔もない。ハロルドが送ったというお金がせめて、家族の生活の足しになってくれていたらと願うことしかできない。

しかし今となってはアイリーンの心を占めるのはハロルドがいつ帰ってくるのか、そしてあとどれだけの間二人でいられるのかということばかりだ。

ひどいのは、そんな己の都合しか考えていないアイリーンの身勝手さだろう。

「……大丈夫だから、心配しないで」

ぎこちなく口にした言葉を、シンディーがどう捉えたかはわからない。

昼に食事と筆記用具を持って戻ってきた彼女は、アイリーンの望むとおりに手紙を書いてくれた。マリガンの当主にこの手紙が届けば、ハロルドと二人きりの世界は終わる。アイリーンはここにはいられなくなる。

一度は決意できたハロルドとの別れが今度はひどく恐ろしい。

自分で決めたことなのに恐ろしさに震え、それを抑え込むために無心で浴室の掃除に集中した。アイリーンがハロルドのためにできることなど、もうこれくらいしかない。外から戻ったハロルドが、清潔な浴室で冷えた身体を温めることができるように。

夜遅くに帰ってきたハロルドをアイリーンは小さく微笑みながらベッドに迎え入れた。いつもよりも少し距離の近い彼女にハロルドは優しく訊ねる。

「どうした、アイリーン」

「ハロルド様。お願いです、もっと抱き締めてください。強く、壊れてしまうくらいに」

夜に二人で寄り添いながら眠るベッドで。素肌のまま身を寄せるアイリーンの身体を、ハロルドはその太い腕で力強く引き寄せてくれた。

このまま溶けてハロルドの一部になってしまえればいいのに――。

そんな願いが叶うわけもなく、恐ろしいほどに淡々と日々は過ぎていく。この平穏は嵐の前の静けさなのだと、アイリーンだけが知っていた。

◇◇◇

マリガン伯爵家の応接室で書類を交わすと、マリガンが「助かったよ」と肩の力を抜いた。ハロルドも同様に頷く。

オールドフィールド領の一部の地域で発生した虫害による食料不足問題と、マリガン領での豊作による余剰作物問題がうまく合致し、互いに便宜を図ることができたのだ。これで領民を飢えさせることも生活に困らせることもせずにすむ。

マリガンが相手だったため最初から心配もしていなかったが、話がこじれることなくまとまり安堵する。今からここを出発できれば、今夜中には城に帰ることができるだろう。

マリガン領に来る前に自領内の視察を行っていたため、四日ほど城を留守にしている。予定よりも早く帰ることができたら、アイリーンは喜んでくれるだろうか。

塔に閉じ込めるとき、アイリーンの笑顔を二度と見ることができなくなる覚悟を決めていた。使用人達の命と子供を孕む危険性を盾に脅し、媚薬を使って身体を奪いアイリーンの心まで蹂躙した。

そのあとも嫌がるアイリーンに身体の関係を迫り続けたのは、媚薬によるものだとわかっていても自分を求めてもらえる充足感を知ってしまったせいだ。アイリーンの甘い声音で名を呼ばれると心が満たされ何度でも聞きたくなる。

夜は彼女の身体を支配してしまう。せめて昼間だけでも望むことを叶えようと欲しいものを尋ねても、アイリーンは怯えて俯くばかりで何も望んではくれなかった。

文字を教えるようになった頃からだろうか。少しずつ変化が生まれたのは。

膝に乗せるアイリーンの身体から、徐々に緊張が抜けていくのを感じた。

楽しそうに文字を覚える姿は愛らしかった。文字を書く練習の目標に、自分への手紙を書きたいと言ってくれたことに心が躍《おど》った。少しずつ少しずつ笑みを見せるようになった

アイリーンに掃除用具とメイド服が欲しいとねだられたときは、また〝主とメイド〟という距離を取るつもりなのかと懸念《けねん》したが杞憂《きゆう》だった。アイリーンは実直に塔内を掃除して、

ハロルドを温かく迎えてくれている。

全てが順調で、諦めたはずの何もかもが今はハロルドの手の中にある。「おかえりなさい、ハロルド様」と微笑むアイリーンに早く会いたい。

いかに早く帰るか考えていると、マリガンがにこにこと微笑んだ。

「心配していたんだが、君が辺境伯としての政務を怠《おこた》るようなことがなくて安心したよ。女性に溺れて政務がおろそかになる事例は過去にも珍しい話ではないからね」

「なんの話でしょう？」

怪訝そうに目を細めたハロルドに、マリガンが白い封筒を取り出した。

「この手紙には、君が女性を強引に閉じ込めている。君の評判に傷がつかないよう内密に諫《いさ》めてほしいと書かれていた。簡単には信じられない話だったんだが、信頼できる筋から受け取った手紙でね。嘘だと決めつけるわけにもいかなくて、今日、君と話をしようと思っていたんだ」

「……その手紙を拝見しても？」

「かまわないよ」

マリガンから白い封筒を受け取る手が辛うじて震えずにすんだが、嫌な予感で心が黒く塗り潰される。

封蝋《ふうろう》は見慣れぬものだったが、折りたたまれた手紙を開いて確信する。

手紙の最後に『アイリーン』と署名されている。ハロルドの書く文字に影響を受け、ほんの少し右肩上がりの癖のある字。それが、アイリーンの直筆であるとわかってしまう。彼女が懸命に練習しているのをずっと見ていたのだから。

ギリっと奥歯で音が鳴る。

「……っ」

「君が感情を顕わにするなんて珍しい。その様子だと残念ながら事実だったようだね」

「この手紙は、いつ受け取ったのでしょうか」

ハロルドの表情にため息をついたマリガンが「先週だったかな」と返答する。

この屋敷に届けられたのが先週ならば、手紙が書かれたのはもっとずっと前だろう。

最近のアイリーンの様子がハロルドの脳裏に浮かぶ。アイリーンは身体の熱が落ち着いてもハロルドに寄り添って離れようとはしなかった。

『もっと抱き締めてください。強く、壊れてしまうくらいに』

求められることに喜びを感じ、細い身体を強く抱き締めた。

塔に閉じ込め誰とも会わせず、アイリーンを己だけのものにした気でいた。他愛ない会話をしながら同じテーブルを囲み、恥じらう様子を楽しみながら膝に乗せて執務を行い、夜は想いを交わすように肌を重ねた。

塔で過ごす平穏な日々に、彼女が城の使用人に接触を図ろうとする可能性を考えなくなっていた。アイリーンがハロルドを裏切るなんて想像すらしていなかった。

「私は君が素晴らしい人物だと知っている。君に代替わりしてから隣国もおいそれと侵攻することができず、我が領もこの国も平和がより強固に保たれていることも事実だ」

しかし、とマリガンが続ける。

「人として守らなければならない一線がある。この手紙の件が広まれば、せっかく築いてきたオールドフィールド辺境伯への信頼も地に堕《お》ちるだろう。……どうか思い直し、アイリーンという女性を解放してあげてほしい」

「……私の個人的な件についてわずらわせてしまい失礼いたしました。この件はこちらで処理いたします」

手紙に書かれていた署名を見つめていたハロルドは席を立った。取り交わした書類を手にして頭を下げると、急いで応接室を出た。

何度も行き来しているからこそ勝手知ったるマリガン邸を使用人に案内してもらう必要はない。慌ててついてくる使用人を振り切るように、大股で外へと向かう。

人として守らなければならない一線がある？　そんなことはわかっている。貴族としての評判など最初から気にもしていない。一線を越えてでも、手に入れたいと欲した唯一なのだ。

「ハロルド様？　お父様とのお話し合いが終わったのでしたら、お茶でも――」

「急ぐので、失礼する」

玄関ホールでルシアに声をかけられたが断った。いつも以上に鋭い眼光ですげなく断るハロルドにルシアが訝しげな表情を浮かべたが、どうでもよかった。

使用人を待たずに自分の手で扉を開き、馬車の側に控えていた御者に命じる。

「馬に乗って帰るから、車を外せ」

「え、あ、なぜ？」

突然の命令に御者が戸惑いの声をあげるが、睨みつけるとさっと顔を青くした。

「かしこまりましたっ」

車を外した御者が馬の手綱をハロルドに差し出す。それを奪い取るように摑み、ひらりと背に乗る。逸《はや》る気持ちのまま、マリガン伯爵家の門を走り抜けた。

アイリーン。

なぜ裏切った。見せてくれていた笑顔は偽《いつわ》りだったのか。今の生活を楽しいと感じていたのは自分だけだったのか。

考えれば考えるほど、頭が沸騰《ふっとう》しそうになる。

ハロルドは手綱を握り締め、一刻も早く城へと着けるよう馬を追い立てた。

◇　◇　◇

「アイリーンッ！」

塔に響き渡った声で、アイリーンはついに終わりの日が来たのだと悟った。

文字の練習の見本として膝の上に乗せていた紙をそっと撫でる。紙にはハロルドの字でアイリーンの名前が書かれている。ハロルドの名も。何度この紙を眺めたことだろう。

アイリーンは小さく呼吸をすると、静かに立ち上がった。

リンと鈴の音が妙に耳に響いた。

「お帰りなさいなさいませ、ハロルド様」

螺旋階段を勢いよく昇ってきた主を出迎える。

「この手紙は君が出すように頼んだものだな？」

「はい、間違いありません」

荒々しい口調で問い質され、アイリーンは静かに頷いた。

ハロルドは感情のままに声を荒げることなどしない。アイリーンを塔に閉じ込めた日ですら激情をその瞳に燃え上がらせはしても、決して怒鳴ったりしなかった。そんなハロルドが声を荒らげている。ハロルドは今どれほどの怒りを抱えているのだろう。

怒りを顕わにするハロルドを恐ろしいとは思わなかった。アイリーンにとって真に恐ろしいのは、ハロルドの怒りではない。

ハロルドに見せられた手紙は間違いなく、シンディーに代筆を頼んでマリガンの領主に送ったものだ。アイリーンが東の塔に閉じ込められていることを伝え、彼の名誉に傷がつかないように諫め諭してほしいと嘆願している。

そして手紙の最後にはハロルドにもらったペンで、ハロルドに教わった文字で、拙くてもアイリーンが自分で名を綴《つづ》った。

ぐしゃりと手紙がハロルドの大きな手に握り潰され、ごみのように床に落とされる。

「君がここでの生活を楽しんでくれているように見えていたのは、俺の幻想か」

ぼそりと言葉をこぼした平坦な声音には怒りよりも悲しみのほうが強く感じられ、アイリーンは戸惑った。

ハロルドの怒りを受け止めることも、二人で過ごす時間を失ってしまうことも、彼の好意が消えてしまうことも、何もかも覚悟の上でしたことだ。決して、彼を悲しませたいわけではない。彼の名誉を守りたいだけだ。

「村に帰らねばならない理由はもうないだろう？　外に出たいと君を駆り立てる原動力はなんだ？　そんなに逃げ出したいのか。こんな塔に閉じ込める男への愛情など欠片も持てないか!?」

「そんなことはありませんっ！　私はハロルド様のことがっ」

「それも演技か？　俺が欲する言葉を与えて油断させ、その間にまた逃げ出す算段を？」

「違いますっ！　私はハロルド様のために」

「俺のためだと？　ならば、今すぐに求婚を受け入れてくれればいいだけだ」

ハロルドの炎のような瞳に燃え滾る感情が湛えられている。その熱にアイリーンは思わず後退ってしまう。

ハロルドに気圧《けお》され、じりじりと後退するアイリーンの背が壁に着いた。

どこにも逃がさないようにとでもいうかのように、ハロルドは壁と大きな身体で挟んでアイリーンの動きを封じると、いきなり抱き上げてベッドへと運んだ。

「君の気持ちは身体に聞いてみるほうが早そうだな」

そう笑みながら言うハロルドの顔は肉食獣そのもの。身にまとっていた服は手早く取り払われ、ワンピースの腰に巻いていた布帯で両手を頭の上で縛られてしまう。自力では動かすことができないほどに、固く縛られていた。

媚薬を無理やり飲まされ、さらに三本も秘部から胎内に直接注がれる。初めてのときですら時間を空けて二本までだったというのに。身動ぎするだけで素肌に触れたシーツの感触に肌が粟立った。

身の内側からじりじりと、しかし急速に熱が上がっていくのがわかる。泉はとろとろと蜜を溢れさせ、入り口にある粒が痛むほどに腫れていた。

はっ、と堪えきれない吐息がこぼれた。

「ハロルド、さまっ……ふ、う……ぁんっ」

ハロルドの手が空気の膜を通して触れる。その温度は微かで直接には感じられない。手のひらのほんの少しの硬さも。

アイリーンの身体に急激に苛烈《かれつ》な快楽の火を灯《とも》しておきながら、ハロルドはベッドに腰掛けてアイリーンの様を観察するばかりで、決して触れてはくれないのだ。

「苦しいだろう？」

「んっ……あ、ん」

涙をこぼしながら小さく頷いた。恥じらいはあるが、それ以上に辛く苦しい。

その大きな手で触れてほしい、熱い舌で刺激されたい、太く逞しいもので奥を……そんな思いが湧き上がってきて止まらなかった。

ハロルドがそっと覆い被さってくる。嗅ぎ慣れた彼の匂いに、胸がきゅうっと切なくなる。ハロルドの低い声がアイリーンの耳を震わせた。

「君には隠しごとがあるな。素直に話せば、身体の熱を解放してやろう」

「隠しごと、なんて……っ、ありませ、ん。んんっ」

「強情だな。いつまで我慢できる？　君の胸の先は硬く立ち上がっているぞ。君はここの周りをくるりと円を描くように撫でられるのが好きだったな。そして柔らかく摘まれ、指先で捏ねられるのも」

「あっ、は……うっ」

囁く言葉に誘導されて、何度も抱かれた記憶が蘇る。

ハロルドの手が胸の上にくる。しかし直接触れてはくれない。身体が記憶をなぞり、ますます熱を溜めていく。無意識に背をのけ反らせ、くっと胸を突き出したがハロルドの手はその分だけ離れ、直接的な刺激は得られなかった。

「君が正直に話せば、舌でここを舐《ねぶ》ってもやる。そうだな、歯を立てられ少し強めに噛まれるのも好きだったな」

「っ……ち、が」

「何も違わん。そう躾《しつ》けたのは俺だ。痛みを感じるギリギリの刺激を君は好む」

ハロルドに指摘されるたびに身体がひくひくと震える。アイリーンに代わり返事をしているかのように、首元の鈴がチリチリと鳴ってしまう。

耳元に感じるハロルドの息遣いが熱い。その熱に燃やされてしまいたいと身体が主張する。涙が一筋、頬を滑り落ちた。

「苦しいだろう。素直になれば楽にしてやるが、どうする？」

低い囁きはこれ以上なく甘く感じた。

ぼんやりと顔を横に向ければ、思ったよりもずっと近い位置にハロルドの顔がある。その赤の色に、何かが脳裏を掠めた。

——だめ。

意識にのぼる前に封じ込めようとする。しかしその瞬間、ハロルドの手がアイリーンの閉じていた膝を割った。

「ああっ！」

望んでいた場所でなくとも、ハロルドの手のひらの感触に身体が歓喜の声を上げる。濡れそぼった秘部に空気が触れ、びくりと震えた。

その刺激はアイリーンの理性を揺らし、心の奥の蓋を抑える力を弛ませる。

ハロルドに触れてもらいたい。

彼のものを受け入れ、腰を揺さぶられ、胎《はら》の奥にその熱を受け入れ淫靡《いんび》な快楽を極めたい。身体はどうしようもなく求めている。

そのためにはどうすればいい？

――ハロルドに求められるままに。

何を求められている？

――秘密を打ち明けることを。

その秘密とは何？

――秘密、とは……

「ルシア、さま」

苦しげな吐息の合間にアイリーンが呟いた名に、ハロルドの目元がぴくりと動く。

快楽に苛《さいな》まれるアイリーンにはそんなことに気がつく余裕などなかった。

「……ルシアさまに、なりたかったんです」

赤いドレスの似合うマリガンの領主の娘。愛されている快活なお嬢様。

金の巻き毛、洗練された所作に美しい指先。

誰にも物怖じせず、ハロルドと同じ目線で話をできる聡明さ。

何もかもがアイリーンの持っていないものだ。

せめて嫌な性格であってくれたらよかったのに。

ハロルドと釣り合うようにと努力してきたのだと震える声の儚《はかな》さは、未だに耳に鮮明に残っている。ルシアはこの城の若い使用人のように無闇にハロルドを恐れることもないのだ。ハロルドの領民を思う優しさを知っている。

何一つとして敵《かな》わない。うらやましい。ハロルドと並び立つことになんの躊躇いを感じない、その生まれが。誰からも祝福を受ける、その全てが。

一度負の思いに囚われると、抜け出すことができなくなる。

ハロルドが心を寄せてくれたのは、気配りのできる働き者だ。こんな醜《みにく》い嫉妬《しっと》を抱える女ではない。

アイリーンは周囲に『求められている自分』というものをよく理解していた。

弟妹の面倒を見る姉、村のために尽くす娘、よく気のつくメイド。

アイリーンにとって求められるままに振る舞うことは当然だった。自分勝手な我が儘は悪だった。

だからこそ、初めて持った負の感情をどうすればいいのかわからなかった。

こんな汚い心などなくなってしまえと抑え込めば抑え込むほどに、心の奥底で暗く澱《よど》んでいく。ハロルドに知られれば愛想を尽かされるに違いないという怯えが、彼のまっすぐな気持ちを受け入れる恐怖へと繋がっていた。

「ルシア様なんか、大嫌いです。貴族のお嬢様で、綺麗で。私が欲しいもの、全部持っている。ハロルド様の婚約者になれないことに文句を言いに来ることができる、そんな強さが」

一度決壊してしまった想いを止めることはできなかった。

「でも、一番嫌いなのは私、です。私は私が大嫌いなんです。ハロルド様に求められても素直に応えられなくて、そのくせ離れることもできなくて。好きをもらってばかりなのに自分からは言えなくて。ハロルド様に釣り合う女になりたかった。皆から認められる女性になりたかった。そんなこと私なんかに叶えられるわけがない夢なのに、いつまでも捨てることもできないで。嫌われることにばかり怯えて。こうしてこの塔に閉じ込められて、私、心のどこかでほっとしてた。閉じ込められたから、離れなくていいんだもの。これはハロルド様に強制されたことだからって言い訳していた自分が、一番嫌いっ！」

何もかもハロルドのせいにして、ただ与えられるだけの立場に甘んじて怯えたふりをしていただけだった。アイリーンはそんな自分がどうしようもなく嫌いだ。

「君は……そんなに俺のことを思っていてくれたのか」

呻くようなハロルドを濡れた瞳で見上げた。

燃える炎の色。彼の瞳に合わせた色のドレスをルシアは着こなしていた。アイリーンは深紅のドレスに袖を通すどころか手を触れることすらできなかったのに。

あれは言葉よりも雄弁な、ルシアからハロルドへの好意の表れだ。

「私はハロルド様と釣り合いの取れる貴族として生まれたかったです。国にも、この領地に住む誰からも祝福されるような女性になりたかったんです。ハロルド様の隣に堂々と並び立てる女性に……なりたかった、のにっ」

生まれは努力ではどうにもならない。それにきっと醜い嫉妬心を抱えていることを隠して、ハロルドの想いを拒否した女などもう嫌われてしまったに違いない。言いつけも守らず外部と連絡を取るような女など——。

「そこまで想ってくれていたのに、なぜマリガン家へ手紙など」

「……私なんかがハロルド様の足を引っ張ってはいけないから。たかがメイドなんかを閉じ込めているなんて噂が広がったら、ハロルド様の評判に傷がつきます。私なんかのせいで、そんなのっ、嫌っ！」

「君がこうして俺の腕の中にいてくれるのなら、誰に何を言われようと気にならん。だが……俺の価値観を君に押しつけていたのだな」

まれたのだ。

「あっ、ひあぁっ！」

痛いほどに尖っていた胸の先に突然刺激が走った。ハロルドの硬い指にきゅうっと摘まれたのだ。

「強引な真似をしてすまなかった。苦しいだろう、すぐに解放してやる」

「そ、んな……っ、きゅうに……ん、あ、はぁうっ！」

開かれた膝の間にハロルドが身体を割り込ませた。トラウザーズを寛げたそこから露出した昂りをアイリーンの秘部に擦りつけ刺激する。

指で両胸の先端を摘まれ、硬くて太い竿が蜜口や秘豆を行き来する。限界にまで膨らんでいた快感が弾けるのは一瞬のことだった。首元の鈴を鳴らし、それ以上の高い悲鳴を上げてアイリーンは全身を震わせる。悲しみも劣等感も何もかもが真っ白な世界に塗りつぶされた。

手の戒《いまし》めを解かれる。荒い息をつきながら焦点の合わない視界でそれでもハロルドを見上げた。胸が苦しくなるほどに、自分がハロルドを求めているのがわかる。

こんなにも近くで触れ合っていながら、どうしてそれだけでは生きていけないのだろうか。この世界で本当の意味で二人きりになれれば、どれだけ幸せになれるだろう。

けれど、この恋には終わりしかない。

使用人であるアイリーンはハロルドのものだが、ハロルドは真の意味でアイリーンのものにはならないのだ。

アイリーンはハロルドの背に手を回した。筋肉に覆われた固く弾力のある背。交わされる視線に心得たようにハロルドの顔が近づいた。絡み合う舌に胸が切なくときめく。

「は……っ、あ、ああっ！」

口付けに夢中になっているとハロルドの昂りが内部を押し広げる。

媚薬で極限まで高められた身体は一度達しただけでは治まるはずもなく、歓喜でもって彼の昂りを迎え入れる。ずぶずぶと侵す熱の塊《かたまり》に頭の芯までが揺さぶられる。

ハロルドが好きだ。

好きだからこそ、苦しくて悲しい。

そっと目を閉じたアイリーンの瞳からまた一筋の雫がこぼれ落ちた。今この瞬間だけは何も考えたくないと現実から目を逸らすように。

第七章　二人の想い

塔の中は空気の流れる音すら聞こえそうなほど、しんと静まり返っていた。時間が止まってしまったかのようだ。ベッドに座り格子の嵌った窓からぼんやりと外を眺めるアイリーンの目は何も映してはいなかった。

アイリーンが嫉妬と劣等感を吐露《とろ》した日。媚薬が身体から抜けるまで、何度も何度も高められた。その影響で次の日はろくに動くこともできず、うとうと微睡《まどろ》んで過ごした。

ハロルドが出かけて、どれほど経っただろうか。

いつもであれば城を空けるときは、何日くらいで戻るのかを事前に教えてくれていたのに今回は教えてもらえていなかった。東の塔に一人で残されたまま、一日経ち、二日経ち、そして三日目の朝にやっと受け入れることができた。

捨てられたのだ、と。

三日以降は、もう日数を数えなかった。ぼんやりと過ごす日々はただひたすらに長く、けれども動き出す理由が見つからない。ハロルドが好いてくれた『アイリーン』は自分の中から消えてしまったようだった。

こんなだから、嫌われてしまったのだ。醜い嫉妬をして、自分の心を守るためだけに好意を拒絶して。こんな、だから。

もう涸《か》れたと思った涙がこぼれて、頬へと流れる。嫌われる覚悟はできていると思っていた。現実になるとこんなにも、胸が苦しい。

「……アイリーン！」

涙の雫を拭うことすらせずに座っていたアイリーンの耳に、遠くからシンディーの声が聞こえた。塔の中が静けさに包まれていたからこそ聞こえたのだろう。

呼び声に導かれるようにして立ち上がると、首元の鈴が虚しくチリンと鳴った。

螺旋階段を降りていく。扉脇にある小窓の前に作りつけられた小さなテーブルには温かそうな湯気が出ている料理と、冷えきった料理が並んでいた。

塔の鍵はハロルドが持っている。城の使用人にもいつ帰ってくるか明確には言われていないらしい。

頑丈な扉は壊すことも難しく、また壊すことが可能であっても、領主の持ち物を勝手に壊せばどんな咎めがあるかもわからない。アイリーンを外に出す手立てがないシンディーはとても心配してくれている。

ああ、また怒られてしまうな。

その予想に違わずシンディーの大きなため息が聞こえる。

「シンディー」

アイリーンは小窓の向こうにいるシンディーに声をかけた。

「食事はきちんとしなさいって言ったじゃない」

「うん」

「身体は生きていくための資本よ」

「……うん」

「アイリーン、もう一月《ひとつき》よ。そんなんじゃ身体を壊しちゃうわ」

「…………うん」

「オールドフィールド様がいなくて、せいせいするじゃない」

その言葉には頷き返すことはできなかった。

せいせいすると思えればよかったのかもしれない。今のアイリーンはただひたすらにハロルドの帰りを待つだけの無為な時間を過ごしている。

「待っていてくれ」と、そう言われたような気もする。けれど、あの日は疲労困憊《ひろうこんぱい》で立ち上がることすらできなかった。彼の言葉はきっと、ベッドで微睡みながら出かける支度をしているハロルドを見ていた自分の願望にすぎないだろう。

醜い部分を何もかも知られてしまったことで、自分の中の糸がぷつりと切れてしまったようだった。不安だけが渦巻いて、どうしようもなく気分が落ち込んでしまう。

このままこの塔に閉じ込められて、彼に忘れ去られてしまったら？

いや、もしかしたらハロルドは城の中で以前の通りに生活をしていて、アイリーンのことなど気にも止めていないのかもしれない。

それともハロルドが帰ってきたら、何処《いずこ》へと追い出されるのかも。

彼から遠く離れなければと強く思っていたというのに、今はこんなにも一緒にいたいと思う。

そんな自分の身勝手さが疎《うと》ましいのに、彼に側にいてほしくて仕方がない。

「ハロルド様ってばどうして貴女のような女性でなければならないのかしら」

両手をきつく握り締めていたアイリーンの耳に、少し高めのよく通る女性の声が届いた。

鈴を転がすような可憐《かれん》で軽やかなその声は、憧れてうらやましくてそして同時にどうしようもなく憎らしい——。

「ルシアさ、ま」

アイリーンの声が掠れる。

どうしてルシアがここにいるのだろう。動揺のあまりに胸の鼓動が速くなる。

扉があるおかげで、直接に顔を合わせずにすんでよかったと強く思った。

鏡を見なくてもわかる。自分が今、ひどい顔をしていると。今はルシアの輝くような姿は眩しすぎて受け止めることができる気がしない。

料理を差し入れてもらうための小窓の向こうに鮮やかなドレスの色が見えた気がしたが、慌てて目を逸らした。

「あのルシア様。アイリーンは……」

「シンディーと言ったかしら。貴女は黙っていなさい。わたくしはこのアイリーンという女性に話があってきたのよ」

ルシアのピシャリとした物言いに、アイリーンはびくりと肩を震わせた。彼女の毅《つよ》さが扉で隔てられていても伝わってくる。

「貴女が〝アイリーン〟ね？」

「はい」

「お父様に全て聞いたわ。ハロルド様が貴女に何をしているのかも」

「……すみま、せん」

手紙を送ったマリガン領主だけでなく、ルシアに知られる可能性があると考えてもいなかった自分の浅はかさが嫌になる。

「なぜわたくしが貴女に謝罪されなければならないのかしら？」

温度のない静かな言葉に視線を下げる。冷たい石造りの床が無機質に目に映る。

「貴女の目にわたくしはどれほど惨《みじ》めったらしく映っているのかしら？　婚約するつもりだった男性をメイド風情に奪われた哀れな女？　それとも、ハロルド様をバカにしているのかしら。貴女ごときをこんな塔に閉じ込めるなんて愚《おろ》かな男だと」

「ルシア様！　それはあんまりな言い方ですっ。こんなところに閉じ込めたのは、オールドフィールド様です！　アイリーンに非はありませんっ」

シンディーが悲鳴のような声を上げる。

「黙ってなさいと言ったのが聞こえなかったのかしら」

「いいえ。友人が謂れのないことで責められているのに、黙ってなんていられませんっ」

貴族令嬢を相手に、アイリーンを必死に庇ってくれるシンディーに涙がこぼれた。

「非はない、ね。本当にそうかしら？」

「当たり前です！　こんなふうに人を閉じ込めるなんて、いくら貴族だからって許されることではありません」

違う、喉から空気が漏れる。

パタリと石の床に涙の跡ができる。

「……違う、の、シンディー」

「アイリーン？」

「ハロルド様は悪くないの。私が……私が、ハロルド様に誠実じゃなかったから、こんなことに」

「そうね。貴女が何もかも悪いのよ」

ルシアの一言が胸に刺さる。

何もかも、アイリーンが間違えたせいだ。

全てはハロルドに嫌われることを恐れたアイリーンの自己保身によって引き起こされたこと。ハロルドの想いに応えられないと告げたときに全てを告白してハロルドに幻滅されていれば、こんなことにはならなかったはずだ。

それでも、アイリーンにはそうすることができなかった。

アイリーンにとって、ハロルドはそれだけ特別な存在だった。

ハロルド以外の男性に、好きだと想いを告げられたことは何度もある。嫁に、と請われたこともある。しかしそれは全てアイリーンの外見や、骨身を惜しまず働く労働力として寄せられた好意だ。悪意ではなく好意を寄せられることそのものは嬉しかった。

けれど、ハロルドは違った。

人格を見ずに外見だけを評価するのでもなく、無償の労働力として欲するのでもなく、今まで意識したこともなかったアイリーンを見出して魅力的だと言ってくれたのだ。

『自分の目で見て確認したうえで物事を図る判断力がある。そして実直な仕事ぶりも評価している。また主である俺だけにではなく、使用人仲間へさり気ない気遣いができる。それは誰にでもできることではない』

今でもハロルドの言葉はアイリーンの胸の中でキラキラと輝いている。

アイリーンにとって働くことは当然のことだった。幼い弟妹に囲まれて両親を支えることは、一番上に生まれて来てしまったがゆえの義務だったのだ。それは両親も弟妹達も村の皆も同じだ。皆が働き者だと評価してくれたが、『アイリーン自身』を見てくれる人は一人もいなかった。

アイリーンにとって『当たり前』だったことを、『魅力』だと教えてくれたのはハロルドだけだった。

最初はどうしてこんなにもハロルドに惹かれるのかがわからなかった。

しかし今になってみればよくわかる。『働き者の姉』でも『働き者の嫁』でもない、アイリーン自身を求めてくれたのはハロルドだけだったのだ。

そして触れ合えば触れ合うほどに、アイリーンもまたハロルドに惹かれてしまった。

真面目だけれど不器用で、冷たく見えるのに実はとても情熱的で。

あの紅い瞳に見つめられるだけで胸が高鳴って仕方なかった。

こんなことは経験したことがなくて、どうしてもハロルドの中にある自分のイメージを壊したくなかったのだ。

そんなアイリーンの狡《ずる》さが全ての原因だった。

「アイリーン……貴女、オールドフィールド様のことを好きだったの？」

呆然としたシンディーの声音に小さく頷く。

「……うん。私、ハロルド様が大好きなの」

パタリとまた床石に涙の跡が一つ増えた。

「好き、なの。ごめんね、シンディー……私……わたし」

ハロルドへの想いを誰かに伝えるのは初めてで、他に何を言えばいいのかわからない。

「そんな……そうだったの、アイリーン。私まさか、貴女がオールドフィールド様を想っているなんて知らなくて」

「違う、の！　私が悪いの！　私が自分に自信を持てなくて、醜い嫉妬ばかりで、ハロルド様の真剣な想いを踏みにじったからっ」

アイリーンは涙ながらに叫んだ。

そうだ。どうして気がつかなかったのだろうか。ハロルドが領主であることの責務に自分がふさわしくないことや、ルシアのような教養も美しさもないこと。何もかもが自分のことばかりだ。

領主であることにこだわりハロルド自身のことをないがしろにしていたのは、誰よりも肩書と立場にこだわっていたのはアイリーンだったのだ。

「わたくしはハロルド様を信頼しているわ」

ルシアが言う。

「ハロルド様の選択なら間違いがないと、これまでずっと見てきたからこそわかるのよ。あの方は私欲よりも公の利益を選択できる方だと。そんなハロルド様に『利害でなく個人の想いを優先させるべき』だと言わせた女性はどんなに素晴らしい方なのだろうと思ったのだけれど」

本当に、がっかりね。吐息と共に吐き出された一言がアイリーンの胸に突き刺さった。

ルシアの言葉に自分自身が納得してしまったせいだ。

けれど、と涙に濡れたままの視線を上げた。壁の向こうのルシアを見つめる。

「それでも……それでも、ハロルド様が好きなんです。釣り合わなくても、なんの役にも立たない私なんかには畏れ多い方だってわかっていても、それでもっ」

今となってはどうしてハロルドと離れて、他の誰かと結婚するなどと思えたのかがわからない。アイリーンにとっての唯一絶対となってしまった人は、誰にも代わりが利かないというのに。

ハロルドに落胆され捨てられ忘れ去られることになろうとも、アイリーンの胸の中にはずっと彼は住み続けるだろうと確信していた。

小窓からルシアの大きなため息が聞こえた。コツンというヒールの音も。

「ハロルド様のことを好きなら、堂々と胸を張りなさい」

「……え？」

「なんの役にも立たないと嘆《なげ》いている暇があるなら努力なさい」

ルシアの凛《りん》とした声に、彼女がハロルドを想い小さな頃から彼の隣に立つために努力をしていたのだと細い肩を震わせていたことを思い出す。こちらまで苦しくなってしまいそうな深い悲しみも。

「ハロルド様の隣にいたいと願うなら、たくさん努力をしなさい。少しでも役に立てるよう必死になりなさい。自信なんていうものは努力して必死になって、そのずっとあとからついてくるのよ。自信のない領主夫人に誰がついてきてくれるというの？　たとえ自信が持てなくても『自分以外にふさわしい者はいない』くらいの虚勢を張ることも覚えなさい。ただ嘆いているだけなら全てを諦めることね」

「……なんで、そんなことを言ってくれるんですか？」

先刻までの突き刺すような指摘とは真逆の、まるで背中を押して先へと導くような優しさを感じる。

「勘違いしないでちょうだい。わたくしはハロルド様を諦めたりしていないし、貴女のことも認めてなんていないわ」

けれど、と続けられる。

「冷徹なまでに自分を律《りっ》しておられたハロルド様が倫理に悖《もと》ることをしてでさえ貴女を求めているのよ。……敵わないじゃない」

囁くような悲しみに満ちた言葉にアイリーンは声も出せず、会話が途切れた。居たたまれなさに思わず身動きしてしまいチリンと鈴が鳴る。慌てて首元を手で押さえた。

カツンとヒールが石床を叩く音が、気まずい沈黙を破った。

「わたくしが言ったことをよく考えることね。……帰るわ」

踵《きびす》を返す気配にアイリーンは声を出すこともできなかった。


灯りの消したベッドの上で窓から見える星空を見上げていた。

澄んだ空気により星はキラキラと瞬いている。小さな窓の向こうに見える星空は、この塔に閉じ込められたばかりの頃からずいぶんと変わっていた。それだけの夜、この部屋で過ごしたのだ。

『アイリーン、貴女がオールドフィールド様の役に立っていないなんて、そんなことがあるはずがないわ』

ルシアが去ったあと、シンディーが教えてくれたことを思い出す。

『オールドフィールド様は変わったわ。雰囲気が柔らかくなったし、厳しい物言いもずいぶん減ったの。この前は「雨が降って冷えるだろうから、風邪を引かないよう気をつけるように」なんて言われたのよ。あの、オールドフィールド様に』

本当に驚いたわ、とシンディーは小さく息を吐いた。

『……私、アイリーンが無理やりに閉じ込められていると思っていたから、だから許せないと思っていたの。アイリーンを力づくでいいようにしているから、機嫌がいいんだって。……違ったんだわ。オールドフィールド様はきっと、アイリーンと一緒にいるからこそ、いいほうに変わっていたのね』

シンディーの言っていることが本当ならば、ハロルドにもらうばかりでなくアイリーンが与えられるものもあるのだろうか。

アイリーンはそっとシーツを撫ぜた。

『アイリーン、愛している』

低く囁く声を思い出す。

会いたい。会って話をしたい。きちんと想いを伝えたい。

醜い嫉妬でいっぱいな自分など嫌われてしまっているかもしれないけれど、ルシアの言うような努力をしても無意味かもしれないけれど。

「ハロルド様」

愛しい人の名前を小さな声で呼ぶ。

ここにはいない人の名。呼び声に応えはない――はずだった。

「呼んだか？」

「……っ！」

突然聞こえた声に身体が強張る。

一人で残されて嫌われ捨てられたのかと思うと、怖ろしくて仕方なかった。

会いたくて、その声を聞きたくてたまらなかった。ずっと求めていたハロルドの声なのに顔を上げることができない。アイリーンの耳に靴音が聞こえてくる。

部屋にふっと明かりが灯された。ハロルドが壁のランプに火を入れたようで、揺らめいた暖かな炎の色にアイリーンの身体が照らされた。俯いたアイリーンの視線に、ハロルドの靴が映る。

「アイリーン」

静かに呼ばれた名前に促されるように、アイリーンは顔を上げた。

久しぶりに見たハロルドは髪が少し伸びたようだった。そして髭《ひげ》も生えている。身だしなみには気を使っている彼の珍しい姿に、どきりと胸が高鳴ってしまう。そっと伸ばされた手のひらに頬を寄せた。

「ずっと……ずっと待っていました」

素直な想いが口からこぼれた。外套を羽織ったままのハロルドに、いきなり強く抱き締められる。この温もりを再び与えられるとは思わなかった。

「お帰りなさい……と、言っていいのですか？」

「当たり前だろう。他に何がある？」

「……嫌われて、捨てられてしまったのかと思っていました」

「俺が君を嫌ったり捨てたりするはずがない！」

ハロルドに『さようなら』を突きつけられるのではないかと怯えていた心が、きっぱりと言い切ってもらえたことでゆるりと溶けた。

何も言わずに心の中に溜め込むことだけはすまいと、アイリーンは必死に言葉を紡《つむ》ぐ。

何も言わず何も聞かずに逃げ出したからこそ、こんなに苦しんだ。

「で、でも……ひ、一月《ひとつき》もお戻りに……ならなかったから……」

「待たせて悪かった。これでもずいぶん急いで王都から戻ったのだが」

「王都……？」

アイリーンがきょとりと小首を傾げると、ハロルドはハッと息を呑んだ。

「……そうか、あのときの君は疲れ果てていたからな。俺の言葉もあまり聞こえていなかったんだろう。メモを残すくらいしておくべきだった。アイリーンと違って、俺はこういう気遣いが足りない」

申し訳なさそうに言うハロルドを彼の腕の中から見上げる。

「待っていてくれ」という彼の言葉は、媚薬が抜けたばかりで疲れ果てた自分が微睡みながら作り上げた願望ではなかったのだとようやく気づいた。

「王太子殿下から、君と婚姻する許可をもらってきた」

「……え？」

何を言われたのかすぐには理解できなくて、アイリーンは口をぽかんと開く。

いまハロルドは『王太子殿下』と口にしたのだろうが。

王族に、許可をもらってきた？　アイリーンと結婚するための許可を？

あまりに想定外の言葉にまるで現実感がない。

「王太子殿下とは互いに何かと便宜を図ってきた仲だからな。アイリーンが思うほどには深刻に考える必要はない」

オールドフィールド辺境伯家は国を守るための盾であり剣。国内最強の武力を持つハロルドに王家も相応の敬意を払う。そういう政治面とは別に、王太子殿下とは個人的に交流があるのだとハロルドは説明してくれる。アイリーンはただただ驚くことしかできない。

「今回のことも頼んだらあっさり書状を作成してくれた。まぁ面白がられて引き止められ、根掘り葉掘り質問攻めにあったのは困ったが」

そのせいで帰るのが遅くなった、とハロルドが嘆息する。

オールドフィールド領から王都まで馬車で十日から二週間ほどかかるはずだ。往復したのであれば、一月《ひとつき》で帰ってこられたこと事態がおかしい。どれほどの強行軍だったのだろう。アイリーンはハロルドの髭の生えた顎にそっと触れる。

「俺は君を脅して押さえつけて力づくで身体を奪って、何もかもを自分のものにしたと思っていた。ここに閉じ込めて君が側にいてくれればそれで満足だと。あの夜、君の心の叫びを聞いて、俺は頭を殴られた気分だった。君に我慢を強いていただけなのに、塔で君と暮らすのも悪くないと俺は愚かにも思っていたんだ。何もかもが俺の傲慢《ごうまん》だった」

本当にすまなかったと謝罪されて、アイリーンは必死に首を横に振った。

ハロルドに惹かれながら怖《お》じ気《け》づいて逃げようとしたのはアイリーンだ。強引に引き止めてくれたからこそ、今こうしてハロルドの側にいることができる。

アイリーンの気弱さをそのまま尊重されていたら、恐らく一生後悔を引きずっていただろう。ハロルドが手を離されずにいてくれたからこそ、アイリーンは素直になれるだけの勇気を持つ覚悟ができた。

「……ルシア様がいらっしゃいました」

アイリーンはハロルドの胸に頬を寄せた。ルシアのことをハロルドに話すのは、まだかなり勇気が必要になる。

「ルシア嬢が？　アイリーンに会いにか？」

「はい。……ハロルド様の隣にいるための心構えを教えてくださいました」

彼女はハロルドのために東の塔にまで足を運び、ハロルドのためにアイリーンに苦言を呈し努力すべき方向を示してくれた。

全て、ハロルドを想うがゆえに。

ルシアはアイリーンに『敵わない』と言っていた。本当に『敵わない』のはアイリーンのほうだ。

美しく聡明で、自分なんかとは比較にならないほど誇り高く素敵な女性。

彼女ほどの人がハロルドと共にあるために努力を続けていたというのに、アイリーンは怖くて逃げようとしただけだった。そんな自分でも努力をすれば彼の隣に立つことが許されるのなら、努力をしたい。自分にできることはすべて。

どんなにルシアが素敵な女性であっても、ハロルドのことは譲《ゆず》れないのだから。

「……私はルシア様のような女性になりたいです。いえ、たくさんの努力をして、きっといつかそうなります。だから私を側にいさせてください」

黙って話を聞いてくれていたハロルドが、アイリーンの髪を耳にそっとかけてくれた。

「君は魅力的で素晴らしい女性だ。ルシア嬢を真似する必要はない」

「で、でも。今の私なんか誰にも認めてもらえません」

「王族から許可が出ている婚姻に異議を唱えられる者がいるはずがない」

アイリーンが自分の気持ちに素直になろうとも、それで全てが解決するわけがない。

ハロルドは貴族で、アイリーンが平民であるという身分差は覆しようのない事実だ。

身分差を乗り越えるために、ハロルドが王太子殿下に許可を得てくれたとわかっていても、周囲は簡単には認めてはくれないだろう。教養もない一介のメイド風情を誰が認めるというのか。

そう伝えると、ハロルドが唇を寄せてきた。触れるだけでなぜかアイリーンの気持ちは解《ほぐ》れてしまう。

「俺は領主としてこれからも領民の生活を守り続ける。すべきことを放棄などしない。アイリーンと結婚することを誰にも文句など言わせん」

力強く言い切ったハロルドの瞳がふっと柔らかくなった。

「いかんな、また同じ間違いをするところだった。俺の考えを君に押しつけて苦しめたというのに。俺は今のままのアイリーンを愛している。だが、成長したいという君の気持ちを尊重する。俺にできる手助けをさせてほしい」

ハロルドにとっては「第三者に認めなければならない」という感情自体が想像もできないことだった。互いが想い合う以外に、二人にとって必要なことはないと思っていた。村に帰らなければならない義務さえ取り上げてしまえば、アイリーンと外の世界とを繋ぐ理由もなくなると。

必要最低限にしか他者と交流してこなかったハロルドと、人の輪の中で生きてきたアイリーンの価値観の違いだ。アイリーンにとっては周囲にどう思われているのかも心を砕《くだ》くべき気がかりの一つだったのだと、彼女の本音を聞いた今だからこそわかる。

「ハロルド様……」

アイリーンの心に寄り添ってくれようとするハロルドの気遣いに、不安も緊張も何もかもが甘く溶かされてしまう。ハロルドはいつだって厳格な人だった。一緒にいれば自然と背筋が伸びるようなそんな雇い主だったのだ。だからこそ、信頼できて頼もしい人なのだ。ハロルドのように毅《つよ》い心を持てるようになりたい。

「ハロルド様には感謝しかありません。私なんかを想ってもらえるなんて……」

「その『私なんか』という言葉はやめてくれ。俺が惚《ほ》れた女性を貶《おとしめ》られているようで気分が悪い」

「え、あの、そんなつもりは、だって」

「アイリーン」

静かに名前を呼ばれた。その穏やかな響きにアイリーンの口が閉じる。

そっと顔が近付く。

まるで小鳥のように何度も唇を啄《ついば》まれる。

柔らかく唇を食まれながら、アイリーンは改めて想いを自覚する。

ああ、好きだ。

好きだという感情はアイリーンの中にもうすでに数え切れないほどにたくさんあるのに、それでもまた新しく増えていく。

「好き、です」

口付けの合間に想いを伝える。やっと告げることができた本当の気持ち。

「好きですハロルド様。大好き、です。ずっと素直になれなくてごめんなさい、ハロルド様が好きで……んんっ！」

腰に手が回したハロルドに痛いほどに抱き締められたかと思うと、口内に侵入された舌に吐息すらも奪われる。

「アイリーン、君を愛している。君が欲しい。……いいか？」

穏やかさが消え去り熱っぽく問われる。

その誘いを断ることなどできるはずがなかった。アイリーンもまたハロルドの熱に簡単に煽られてしまったのだから。

「や、優しくしてくれるなら」

「努力はするが、応えられなかったらすまない。素直な君が可愛すぎて愛しすぎて、今にも我を忘れそうだ」

ハロルドの切羽詰まった物言いは胸が締めつけられそうなくらい嬉しかった。自制心の強いハロルドに求められていることがたまらなく幸せで。

ハロルドの頬に手を伸ばして伸びた髭を手のひらに感じながら、ちょんと口付ける。

「もし明日起き上がれなくなったら、一日中一緒にいてくださいね？」

「……アイリーン、そんな言い方をされると調子に乗ってしまいそうだからやめてくれ」

「たくさん調子に乗ってください。ハロルド様が考えているよりきっと、ずっとずっと私はハロルド様のことを大好きなので」

小さく微笑むアイリーンに怯えも拒否もないのが伝わったのか、噛みつくように唇を奪われる。激しい舌の動きにアイリーンも必死になって応えた。合間に聞こえる水音が耳を甘く震わせる。激しく口付けを交わしながらも、器用に寝間着も下着も脱がされた。

逸るように外套を放ったハロルドの服のボタンにアイリーンは手をかける。自分からまた唇を寄せて舌を絡み合わせながら、なんとかシャツを肩から落とした。

アイリーンがもたもたとしている間にハロルドは自身の下肢を覆う衣服を全て脱ぎさっ

ていたらしい。抱きあげられるとくるりと位置を入れ替えられた。

ハロルドの膝の上に降ろされ、二人の唇を銀糸が繋いだ。

「いいな？」

何が、とは言われない。膝立《ひざだ》ちをした足の間に触れられた固いものに、何を求められているのかわからぬほどには初心《うぶ》でもない。

また触れるだけの口付けをし、そっと微笑んだ。

「私の全てはハロルド様のものです。なので……私にも、少しでもいいのでハロルド様をください。ハロルド様が欲しいです」

「俺の全ても君のものだ、アイリーン」

ランプの光に照らされたハロルドの顔は真剣だった。

初めて奪われた日のような恐ろしいほどの暴力性はそこにはない。

ただずっと変わりなくアイリーンを求めてくれている、その激情だけがある。

愛しいと思う。

アイリーンが側にいる、ただそれだけで誰も寄せつけないほどに硬質だった雰囲気を軟化させてしまうこの男性が。いま目の前にいるのはただ一途にアイリーンを求めて、離れることも許さずに我が儘を押し通す男にすぎない。

アイリーンもまたそんな男に愛されることを享受する女にすぎないのだ。

「好きです、ハロルド様」

そう微笑み首に手を回した。

ゆっくりと腰を落としていくアイリーンの動きに合わせて、首元の鈴が小さな音を立てる。自ら迎え入れようと動くのは初めてだ。口付けだけで身体が昂ぶったのか、じゅわりと秘部から蜜がこぼれる。恥じらいと緊張で高まる胸の鼓動がハロルドにも伝わってしまいそうだ。けれど今さらやめたいとも思わない。

ぬるりと、濡れすぎたそこをハロルドのものが滑りアイリーンの尻たぶに挟んでしまう。

二人で思わず見つめ合った。

「ご、ごめんなさい」

耳が熱い。失敗してしまったことに謝罪しながらもう一度迎え入れようとした。しかし今度もまた滑り、アイリーンのお腹をそれでぺしりと叩かれてしまう。

立て続けの粗相に、涙目になりながら今度こそと腰を浮かせた。

「焦る必要はない。ゆっくり呼吸するんだ」

「あの……はい」

落ち着いた声音に、ふっと肩の力が抜ける。言われるがまま二度、三度と深く息を吸い込んで吐き出した。

「俺が支えているから、力を入れずにゆっくりと腰を落とすんだ」

「はい」

誘導されながら硬い先端に入り口を擦りつける。そっと腰を沈み込ませると、ハロルドが肉棒を支えていてくれているせいか今度こそ中に迎え入れられた。

久しぶりに感じる圧迫感に背筋がぞくぞくと震える。

「あ……っ、あ！」

「自分のペースでいい、そのまま……できるか？」

「はい……ん、ぁふ」

いつもなら一気に貫かれるところを、自分の中の恐怖心が邪魔をしているのか、殊更にゆっくりで、まるで焦らされているようだった。しかし刺激が強すぎてそんなに勢いよく腰を落とすことはできない。

アイリーンはハロルドの身体にすり寄りながら必死になって、やっと全てを飲み込んだときには背中に汗をかいてしまっていた。

「ハロルド様の……全部、中に」

「ああ、入っているな」

下腹部を大きな手で撫でられた。そこにハロルドがいることを意識させられてもともと赤かったアイリーンの頬がますます熱を持つ。

素肌を触れ合わせながら、アイリーンはため息をついた。ハロルドを包み込んでいるかのようなこの状況が、恥ずかしいがそれ以上に幸せでたまらない。

「ああ、うっかりするところだったな。避妊薬はまだ飲んでいないのだろう？」

サイドテーブルへと伸ばされた腕を、アイリーンはとっさに摑んだ。

「飲まないとダメですか？」

「アイリーン？」

「こ、このままは……いけませんか？」

初めてだったあの日に『君の子供だから欲しい』とハロルドは言っていた。当時は恐怖と混乱に拒絶しかできなかったが、今は違う。ハロルドの子供が欲しいと思う。

もちろんそこに伴う責任に対する覚悟は充分だとは言えないかもしれない。けれど本能が欲しいと囁いている。ハロルドとの想いを交わし合った証《あかし》が欲しいと。

ハロルドは少し悩んだあと、きっぱりと首を振った。

「駄目だ。今は薬をきちんと飲んでくれ」

「……はい」

情熱の勢いで子供を欲するのは無責任だと理性ではわかっている。子供がほしいという気持ちを抑え込み、ハロルドの言葉を受け入れる。最初の夜とは立場が逆になってしまったようで複雑な気持ちになってしまうが、差し出された瓶の中身を呷った。最後まできちんと飲み干して、空になった瓶をサイドテーブルへと置く。

「ハロルド様……ぁんっ！」

太い腕が腰に回されて引き寄せられる。ただでさえ触れ合っていた素肌が隙間もないほどに密着し、そして突然の動きに甘い声が上がった。

「おしゃべりはもう終わりだ、いいな？」

「あっああ！」

ぐんっ、と下から突き上げられた。背が反ったが、強く抱き締められているせいで動きは僅かだ。

「アイリーンも、自分で動いてみろ」

「っ！」

耳元で熱っぽく命令され、逆らうなどという選択肢は今さらどこにもない。

ハロルドの動きに合わせて自らも腰を揺らめかせた。気持ちのいいところを擦られて、なおさら高い声が上がる。しがみつきながら、アイリーンはいつしか夢中になって身体を揺らしていた。アイリーンの動きに合わせてリンリンと鈴の音がする。ハロルドが突き上げるたびに肌のぶつかる音と水音がする。

恥じらいもなく腰を揺らして、求めて。

そして与えられて、受け入れて。

こんなふうに求め合いたかったのだと、こんなふうに熱を分け合いたかったのだと、自らの心の奥底にずっと無理やりに沈めていた欲望を知った。

「は、ろるど、……さま！　あんっ……あっ、はぁん！　……んん、ぁ、も、……もうっ！」

限界が近いのがわかる。

欲しいものをそれ以上の激しさで与えられて、突き上げられて、駆け上がっていく。

その先に何があるのか、アイリーンはもう何も知らない子供ではない。

切なさにお腹の奥が疼いている。

「ああ、俺も……っ、限界だっ」

「いっしょ、に！　んん……っ、ハロルドさま！」

「心配するな。ほら、達してしまえ！」

「ひぁ！　あ、あああーっ！」

「く……っ」

ハロルドのものが奥深くを抉るように突き上げてきた。目の前に星が散る。甘い悲鳴を上げながら、アイリーンはハロルドのものをきゅーっと締めつけていた。

そうして連動するようにハロルドが跳ねる。びゅくんびゅくんと震えながら熱い飛沫をアイリーンのお腹に注ぎ込んできた。

その熱を感じ、アイリーンの頭がまたちかちかと瞬く。

リィン……！

応えるように鈴が高い音を鳴らした。

エピローグ

「何をしているのかしら、アイリーン」

「あ、シンディー！　久しぶり、元気？　体調はどう？　変わりはない？」

駆け寄りながら矢継ぎ早に質問をするアイリーンに、シンディーは「ちょっと待って」と制止をかけた。アイリーンは懐かしさでつい勢い込んでしまったと笑みこぼれる。そんなアイリーンにシンディーも微笑みを返してくれた。

「久しぶりね、アイリーン。私も彼も元気よ。体調もとてもいいの。変化は少しあったわね」

シンディーは質問に一つ一つに丁寧に答えながらお腹を撫でる。

ゆったりとした体型を隠すワンピースを着ているが、そうしていると下腹部が少し膨らんでいるのがわかった。

「最近、時々動くようになったの」

嬉しそうな様子を見て、アイリーンはさらに喜びながら頷いた。

アイリーンの部屋に案内して妊娠中でも問題なく飲めるお茶を出すと、私のことはいいのよ、とシンディーがずいっとテーブルに身を乗り出した。

「貴女ってば、どうしてまだメイド服なんて着て普通に掃除しているのよ!?　オールドフィールド様とは正式に婚約したんでしょう!?」

その勢いに驚いて変なところにお茶が入ってしまって噎《む》せる。けほけほと小さな咳を何度かして、アイリーンは小さく頷いた。

ハロルドから『王太子殿下の許可をもらった』という話を聞いてから数ヶ月。

アイリーンは正式な手続きに則って、ハロルド・オールドフィールドの婚約者となっている。数ヶ月もかかったのは、ハロルドがアイリーンの家族にきちんと話を通したいと譲らなかったからだ。

一度は死んだと伝えられた娘が、実は生きていて領主と結婚するなどと伝えたら家族は驚いてひっくり返ってしまう。

しかも消息不明期間は監禁されていましたなんて、もちろん言えるわけもない。

城の人々には知られているだろうが、表向きには国境の砦の使用人として派遣されていたため、しばらく城にいなかったことにした。アイリーンが砦に馬車で向かっていた時期にちょうど街道で賊に乗合馬車が襲われる事件があり、それに巻き込まれたと間違った情報が城に届き、家族には亡くなったと連絡がされてしまった。すべては情報の確認不足と連絡の行き違いによる間違いであったと。ハロルドは正直に伝えるべきだと言い張ったが、彼の評判に傷ひとつつけたくないアイリーンが譲らなかった。アイリーンの頑固さに、さしものハロルドも折れるしかなかったのが実情だ。

まずはアイリーンから家族へ手紙で無事であることを伝えて、数日ほど空けてから実家へ訪れた。

手紙を読んでも疑心暗鬼だったらしく、アイリーンの姿を見た家族は皆泣きながら喜んでくれた。心配してくれていたことがありがたく、一時的ではあるが結果的に家族をないがしろにしたこと、連絡が取れなかった期間のことを濁《にご》して話すことを申し訳なく思った。

ひとしきり再会を喜んだあと、『会って欲しい人がいる』という前置きで一緒に来ていたハロルドを紹介すると、家族全員、目を落としてしまうのではないかと心配になるほどに大きく見開いていた。

「村の男性と結婚できなくてごめんなさい」と詫《わ》びるアイリーンに、両親は「そんなこと気にしなくていい」と首を横に振った。

「貴女にはいつも頼って甘えすぎてしまっていたわね。これからは貴女の好きに生きていいの、幸せでいてくれさえすればそれでいいのよ」

そう涙ながらに語る母に、アイリーンは背負いすぎていた自分に気がつかされた。今思えば弟妹の世話も、常に家族の立場を考え村の中で立ち回っていたことも、誰に強制されたものではなかった。『そうあらねばならない』とアイリーンが自分に課し、雁字搦めになっていただけだった。

ハロルドが家族に挨拶をと言ってくれたことがきっかけで、家族とそして自分自身と向き合うことができた。母がハロルドに遊ばれているのではないかと心配しだして宥めるのに少し大変だったが、家族の祝福を受けてハロルドとアイリーンは婚約の手続きをすることができた。

その間にシンディーはお腹に子供まで宿していて驚いてしまった。シンディーの父親に「たまには長く帰っておいで」と言われ休みを取って帰郷し、婚約者の彼と逢瀬《おうせ》を重ねていたらしい。

休みが明けて戻ってきたシンディーは襲ってきた悪阻《つわり》に早々に仕事を辞めざるをえなくなった。過保護な父親が身重で働くことを許さなかったからだ。子供ができたおかげで、予定よりも早めに結婚することになったという。

こうしてシンディーと顔を合わせるのは久しぶりだ。

お茶を飲みながらアイリーンは自分の衣服を見る。

濃紺のワンピースに白のエプロン。何年も着続けている、メイド服だ。

「似合わない？」

「そういうことを言っているわけではないってわかっているでしょう？」

「ごめん。あのね、他のことも頑張っているんだよ？」

字を覚えることも、マナーを身に着けることも、領地のことを知ることも。

ハロルドと一緒にいるため、そして自分で自分を誇れるようになるために今のアイリーンはとても忙しい。

「でもね、これを着て皆と一緒に働いているときが一番落ち着くの」

「あのねぇ、アイリーン。オールドフィールド様と結婚するっていうのは使用人に混ざって働くことではなくて、使用人を使う立場になるってことなのよ？」

「わかっているけど、でも」

話を遮るようにガチャリと扉が開いた。アイリーンに与えられた私室にノックもせずに入室できるのは一人しかいない。

「来客中だったか、すまない」

「何かご用事でしたか？」

「いや急がないからな、夜にでも改めて話をしよう」

ハロルドがシンディーを見ると表情をやわらげた。

「邪魔をしてすまなかったな、ゆっくりしていってくれ」

「……あのオールドフィールド様、アイリーンのこの格好は許してしまっていいのでしょうか？」

「この格好？　メイド服のことか？」

「そうです。それともオールドフィールド様はアイリーンのことをずっとメイドのように働かせるつもりなのでしょうか？」

シンディーの物言いにアイリーンがむっとして立ち上がろうとする前に「アイリーンの好きにすればいい」とハロルドが言い切った。

「アイリーンがメイドの仕事をしたいならそうすればいいし、働きたくないならゆっくりすればいい。社交したいなら相手を見繕うし、外遊したいなら危険と不便がないように準備する。アイリーンのしたいようにするのが俺の望みだ。まぁできるなら、常に手の届くところにいてくれると寂しさを感じずにすむから助かるが」

「……寂しさ？」

シンディーがぽかんとハロルドの言葉を繰り返した。

気持ちはわからなくもない。一人でいるのが当然、寂しさなど感じたことのないような顔をしているハロルドの台詞だとは思えないのだろう。もちろんハロルドは冗談を言っているつもりも、ましてや偽りのつもりもない。

アイリーンはハロルドの私室の隣に部屋を与えられたが、日中にこうして客を招く以外は使われた試しがない。夜はハロルドが自分の隣で寝ることを望むからだ。もしかしてハロルドはずっと人恋しかったのではないか思うこともある。

塔にいたときに慣らされた体温や腕の強さはアイリーンにとってもとても心地のいいもので、彼に抱き締められて眠ることに拒絶の感情を抱くはずもない。アイリーンも常にハロルドの気配を感じていたいのだ。

ふう、とシンディーが呆れたようなため息をつく。

「オールドフィールド様が、アイリーンのことをとても大事にしていることだけは伝わりました。けれど私の結婚式にはアイリーンをお借りさせていただきますね」

「お式を挙《あ》げることにしたんだね。よかったぁ、おめでとう！」

「お父様も彼も式を挙げたいってうるさいんだもの。お腹が目立たないうちに、ささっとやっちゃうことにしたわ。もちろんアイリーンが挙げる結婚式に比べれば、ずっと質素で小規模なものだけれど」

シンディーの実家がそれなりの商家であることや、父親から溺愛されていることを考えれば、田舎者のアイリーンには考えられないほどの規模になるのではないだろうか。華やかな雰囲気のあるシンディーの花嫁姿はとても美しいだろう。

「楽しみだね」

「ありがとう。今日はそれを伝えたくて会いに来たのよ。手紙でもよかったんだけど、これから先お腹が大きくなると遠出するのも難しくなるから旅行を兼ねて、ね」

そう微笑みながらお腹を撫でるシンディーは、とても幸せそうだった。

「機嫌がよさそうだな」

指摘されてアイリーンはきょとんと首を傾げたあとに頬を押さえた。そんなに表情に出ていただろうか。

夜の寝室。寝る支度を終えたアイリーンは一足先にベッドに入っていた。

ハロルドはと言えば今日もまた忙しく、寝室にまで処理しなくてはいけない書類を持ち込んでいる。一人掛けのソファーに腰掛けながら無機質な紙に目を落としていた。

「今日は嬉しかったので、そのせいかもしれません」

「嬉しかった？　シンディーと言ったか、あの彼女に会えたことがか？」

「それもありますけど」

ハロルドとシンディーが自然に会話をしていたことが、何よりも嬉しかったのだ。

かつてシンディーはハロルドに苦手意識を強く持っていたし、ハロルドも取り付く島がなかった。シンディーが萎縮《いしゅく》することもなく、ハロルドが無駄な会話だと言わんばかりの態度を取ることもなく、ごく普通に言葉を交わしていた。もちろんシンディーの気遣いによるところが大きいが、ハロルドの態度もずいぶんと軟化したのだ。

質の高い仕事だけを要求し、非効率と無駄を嫌い必要最低限な会話しかしなかったハロルドが変わった。アイリーンが「皆がもっと楽しく働ける場所になればいいなって思います」と伝えたせいもあるかもしれない。

城の中の雰囲気は以前と比べて、ぐっとよくなっている。ころころと入れ替わっていた若い使用人達も辞めることなく頑張ってくれている。

好きな人が受け入れられるというのは、こんなにも喜ばしいものなのかと自然と頬が緩んでしまう。

「シンディーが式を挙げるのが、とても楽しみで」

「そうか。急いでこちらも準備をしないといけないな」

「準備？」

「アイリーンはもう俺の婚約者だからな、下手な格好はさせられない。主役よりも豪華にするのは論外だということくらいは俺もわかるが、ふさわしい装《よそお》いはせねばならん」

「ふさわしい、装い」

こくんと喉が鳴った。

アイリーンの脳裏にハロルドから贈られたドレスがよぎる。かつて塔の部屋に準備されていたドレス達。今はきちんと城の衣装部屋に保管されている。

結局こうしてハロルドの側にいるようになっても、アイリーンが身に纏うのは落ち着く色合いの洋服や馴染んだメイド服ばかりだ。

この城に客人が来たとしても、アイリーンがハロルドの婚約者だといったいどれだけの人がわかるだろうか。

「それに護衛もつけねばならんな」

「え？」

「当たり前だろう。今までは城にいるばかりだから気にしないでいられたかもしれんが、これからはそうもいかん。不自由を強いることになるがこればかりは我慢してくれ」

アイリーンが身を起こすとハロルドが顔を上げ、書類をテーブルに置いて近寄ってくる。

「ハロルド様、お仕事は？」

「今夜はもう終わりだ。そんな顔をしている君を放ってはおけない」

「そんな顔って」

「不安でたまらないといった顔だ」

ベッドに入ってきたハロルドはアイリーンを膝の上に乗せて抱き締めてくれた。包まれる体温と腕の強さに力が抜け、それで自分の身体が強張っていたことに気づかされる。

「私、まだぜんぜん覚悟が足りてなくて。ごめんなさい」

今のハロルドはアイリーンのことを何よりも尊重してくれている。アイリーンがしたいことをするのが俺の望みだと言ってくれて、その通りに行動してくれているのだ。

ハロルドと想いを交わし塔から出たアイリーンは自分の立場が変わってしまったことを否が応でも自覚させられた。使用人の皆の態度があからさまに変わったせいだ。

アイリーンを大事そうに扱うハロルドが「結婚することになった」と隠すことなく口にすれば二人の関係は明白だ。アイリーンは〝使用人の一人〟から〝領主夫人〟として扱われるようになったのだ。

これがハロルドの側に居続けるということであると、使用人部屋から出て私室を与えられることを受け入れた。自らメイド仕事は辞めて、今後のための勉強に時間を割くことにした。

しかし、ハロルドが何もかもをすぐに無理して変えようとはしなくていいと、短時間ではあるがメイドとして働くことを勧めてくれた。

使用人の皆も最初は戸惑っていたが、アイリーンが働く姿を見て彼女は何も変わっていないと気がつくと、以前と同じように気軽な関係に戻ってくれた。

だが、いつの間にやら甘えてしまっていたようだ。

まだ彼の隣に立つにふさわしい振る舞いは付け焼刃でしかないが、城から出ればアイリーンは〝領主の婚約者〟なのだ。相応の服装と言動を求められる。

「すまないな、俺がこんな立場なばかりに君には負担をかける」

ハロルドの謝罪にアイリーンは慌てて顔を上げた。

「大丈夫です。少し……少しだけ弱気になってしまっただけなんです。私は領主であるハロルド様を好きになったのだから、頑張るって決めたんです」

少しずつでも頑張っていくと決めたからこそ、二人きりの世界だった塔から出たのだから。

抱き締めるハロルドの腕の力が強くなった。アイリーンは同じように背に手を回し、きゅっと抱き締める。見つめ合う瞳が自然と近寄った。

「愛してる」

私もです、という返事は唇に飲まれた。唇を甘く食まれて、薄く開けばぬるりと侵入された。背中に回した手が縋るように服を握り締めてしまう。

「ん……っ、は……、んんっ」

彼に与えられるままに必死に受け入れる。流し込まれる唾液を嚥下すると、ぐるりと身体を入れ替えられてベッドに寝かされた。見上げれば情欲に燃えたハロルドの瞳がある。

「いいか？」

何を、などとは今さら問い返すまでもない。アイリーンの不安を打ち消す一番の方法をハロルドはわかってくれているのだ。小さく頷くことで返事をすると、ハロルドが手を伸ばしてサイドチェストの引き出しから茶色の瓶を取り出した。その避妊薬を受け取ろうとすると、ハロルドが珍しく渡すのを躊躇う。

「ハロルド様？」

「アイリーンは……いや、アイリーンも子供が欲しいと望んでいたな」

ハロルドが何を言っているのかすぐに理解した。想いを伝えあった夜のことを言っているのだろう。今までそのことについて話したことはなかったが、シンディーが妊娠しているのを見て何か思うところでもあったのだろうか。

「ハロルド様は子供を欲しくないのでしょうか？」

アイリーンとの子供だから欲しいとは言ってくれたことはあるが、言われた状況から純粋な気持ちだったとは思い難い。

「誤解させてすまない。君との子供を欲しいと思っているんだが……」

珍しく歯切れの悪いハロルドの頬にそっと触れた。その手に大きな手が重ねられる。

「……俺は人の親になる自信がない。俺には両親との幸せな記憶というものが一つもないからな。子供ができたとして、どう接すればいいのかまるでわからん」

前領主の話はメイド長や年嵩の使用人から聞いたことがある。素晴らしい当主だったと。けれどハロルドから家族の話を聞いたことがなく、もしかしたらあまり仲がよくなかったではないかと考えていた。

「君との子供なら可愛いだろうと思っているが――」

何かを続けようとした唇を塞いだ。珍しくも丸くなる瞳をじっと見つめながら、アイリーンはたっぷりと時間を置いて離れる。

「大丈夫です」

小さく微笑んだ。

「私、弟や妹の面倒をいつも見ていました。赤ちゃんのお世話だってしてきました。だからハロルド様にも教えてあげられます。子供との接し方も、愛し方も。だから何も不安に思うことなんてありません」

ハロルドの口から「自信がない」などという言葉を初めて聞いた。

メイドだった頃は、いつも完璧で妥協がなく、自分に厳しい人だと思っていた。それがこうして距離が近くなって、人との関係にとても不器用なのだと知った。

不器用さや歪さ、完璧ではないところを可愛いと思ってしまう。愛しいと、アイリーンがそんな感情を抱いたのはハロルドにだけだ。

「君には敵わないな」

「それはいつも私がハロルド様に思っていることです」

敵わないなんて、アイリーンが抱いている感情なのだ。

アイリーンはいつだってハロルドに守られ導かれている。一歩先を行くハロルドに早く追いつきたいと願っているが、焦りすぎて空回りをしてしまうことなど日常茶飯事だ。

「私達、似た者同士ですね」

そう笑えば、ハロルドが口の端を持ち上げた。

ゆっくりと落とされる唇を受け入れる。

ハロルドとの子供はきっと何よりの宝物となる。

けれど今はまだこのまま二人きりの甘い時間を堪能したいと、そんな我が儘はきっとハロルドにも賛同してもらえるだろう。

明日は手紙を書こう。あの塔の中で交わした約束を果たしたい。

アイリーンがどれだけハロルドに感謝をしているか。そしてこれから先もハロルドと共にいたいことを。いつか産まれる二人の子供をたくさん愛して生きていきたいのだと、言葉だけでなく文字でも伝えたい。

ハロルドの喜ぶ顔を想像するだけで胸がいっぱいになる。

ゆるやかで濃密な口付けはすぐに激しくなる。アイリーンはただ幸せに身を任せて、ハロルドの熱を受け入れた。

あとがき

初めまして、水野恵無《みずのえむ》と申します。このたびは初書籍となる『冷徹辺境伯の監禁愛』を手に取っていただき、ありがとうございます。

この作品は私の性癖をぎゅーっと詰め込みました。男性による好きな女性への行き過ぎた執着、愛情が暴走しての性行為の強要、監禁、首輪、ｅｔｃ。

男性の重すぎる愛情が大好きなため、『執着』がレーベルテーマのソーニャ文庫さまにて書籍化していただけたことに心から喜びを感じています。

私は普段ＷＥＢで活動しているのですが、この監禁愛は他の作品の息抜きに「そうだ、監禁ものを書こう」という思いつきで書き始めました。そうして出来上がったのがプロローグの部分になります。最初は短編のつもりだったのですが、せっかく大好きな監禁ものを書くのならそこに至るまでの関係も書きたいな。監禁後の生活はどんなだろうな。二人をちゃんと幸せにしてあげたいな。

そんな思いと経緯で、このお話は出来上がりました。ふとした思いつきがこのような形になったので、人生わからないものですね。

アイリーンが特別すぎて、監禁という手段をとってでも離れられないハロルドの強い想い。ハロルドを好きになってしまったからこそ諦めようとしたのに、囚われ閉ざされた空間で見出してしまったアイリーンの幸せ。そんな不器用で歪な、ハロルドとアイリーンの二人だからこその愛の形はいかがでしたでしょうか。

八美☆わん先生のイラストが素敵すぎて、カバーイラストのラフをいただいた瞬間に悶え転がりました。ハロルドの冷たい美しさと、アイリーンを抱え込むように回された腕。アイリーンの可愛らしさと、戸惑いつつも重ねられた手。二人の心理をこれ以上なく表現していただきありがとうございます。

担当のHさまにはご迷惑をおかけしっぱなしでたくさんのフォローをいただき、最後の最後までありがとうございます。

ソーニャ文庫編集部の皆さま、こうして書籍にしていただき感無量です。WEBで読んでくださっている方のお陰で私はいつも楽しく物語を書くことができています。

そしてこの本を手に取ってくださった方、本当にありがとうございます。

私の好きな要素を盛りだくさんにして楽しんで書いた物語を、読んだ方が同じように楽しみ、ハロルドとアイリーンを好きになっていただけることを願っています。